Andreas Greve · Etwas ist immer

Andreas Greve

ETWAS IST IMMER

Geschichten aus der
Erinnerung

Bibliografische Information der Deutschen Nationalbibliothek: Die Deutsche Nationalbibliothek verzeichnet diese Publikation in der Deutschen Nationalbibliografie; detaillierte bibliografische Daten sind im Internet über dnb.dnb.de abrufbar.

Lektorat: Cornelia Manikowsky
Cover-Illustration: Lena Winkel
Autoren-Foto: Arne Weychardt
Grafik: Oliver Streich

Herstellung und Verlag: BoD – Book on Demand, Norderstedt

ISBN 9783750401426

Viele Namen, Orte und Zahlen im Buch entsprechen der Wahrheit, einige sind hingegen fiktiv oder bewusst unkenntlich gemacht.

Für meine Schwestern

Ich habe versucht, mich zu erinnern. Zwar erinnert man sich laufend an irgend etwas, aber meist nicht sonderlich stringent. Ich habe deshalb für meine Reise in die Vergangenheit Gegenstände zu Hilfe genommen, die Erinnerungen weckten und wach hielten und letztlich zu einem besonderem Punkt meiner persönlichen Geschichte führten, wo Dinge oder die Erinnerung an Dinge wie einen Rucksack oder eine Matratze gewissermaßen zu Gefühlen wurden, guten wie schlechten. Oder zu Einsichten – ob banalen, genialen oder beidem. Biographisch gesehen sind es nur kleine Ausschnitte oder kurze Einblicke, und sie sind nur selten chronologisch. Keine Memoiren also, sondern lediglich einige Geschichten, die des Erzählens wert waren. Vor allem literarisch. Denn das ist es, was ich mit meinem Leben über Jahrzehnte gemacht habe: Ich habe es mir irgendwie vom Leibe erzählt.

Dieses Buch ist für meine Schwestern. Streckenweise handelt es sogar von meinen Schwestern. Und von unserer Familie. Schmerz gehört zum Erinnern, und deshalb handelt es auffallend mehr von meinem Vater als von meiner Mutter. Überhaupt werden weit häufiger Männer beschrieben. Das hat seinen natürlichen Grund: Frauen haben mir das Leben überhaupt erst ermöglicht und über weite Strecken erträglich gemacht. Sie gehören für einen, der mit gleich drei Schwestern aufgewachsen ist, gewissermaßen nicht zu den natürlichen Feinden. Allerdings bin ich meinen Schwestern weit weniger Bruder gewesen als man erwarten dürfte. Leider kann ich das weder mit einem Buch noch mit einer Widmung wiedergutmachen. Das brauche ich aber zum Glück auch nicht.

Schlafendes Talent – Eine Einleitung

Das zylindrische Päckchen war etwa handgranatengroß und mein Vater nicht nur weltfremd und immer auf das Schlimmste gefaßt, sondern auch sehr neugierig. In diesem Fall war seine Neugier größer als die Explosion, die er erwartete, und so zog er an dem Abrißbügel, der am Ende der Bombe aus der Verpackung ragte – und 0,33 Liter »Löwenbräu«, auf dem Postweg gut geschüttelt, schossen aus der Dose und ergossen sich über Büroschrank und Zeichenbrett des peniblen und perfektionistischen Architekten. Da für jemanden, der Katastrophen stets befürchtet, deren gelegentliches Eintreten sehr verlösend sein kann, ertrug er es (nach einer Weile) mit großer Heiterkeit.

Am selben Tage schrieb ich unter dem Namen meines Vaters einen Brief an die Firma in Ulm, die das Dosenbier als Werbegag verschickt hatte, schilderte den Hergang, forderte angemessenen Schadensersatz, Übungsmunition und anderes. Dann legte ich mich wieder auf mein Bett und schlief weiter, denn zwischen meinem 15. und 19. Lebensjahr verbrachte ich alle Zeit, die ich zu Hause war, schlafend, dösend oder träumend. So kommt es mir jedenfalls vor.

Ziemlich postwendend kam ein langer Brief zurück, daß das Schreiben in der Werbeabteilung die Runde gemacht hätte: »…welcher Texter kann sich schon rühmen, so viele Pointen so locker aus dem Handgelenk zu schütteln.« Dazu ein Karton mit 24 Dosen Löwenbräu, Linealen und anderem. Wenngleich ein weiterer Reklamevorstoß, so doch mein erstes professionelles Lob. Ich trank zwei, drei »Löwenbräu«

und legte mich wieder hin, von Hummel, Hormonen und Tagträumen auf die Matratze gedrückt. Einer meiner Träume war: Etwas zu werden, bei dem ich auf dem Bett liegend mir etwas vorstellen konnte, das andere umsetzten und mir erst zeigten, wenn es fertig war. Ein Studienfach in dieser Richtung kannte ich nicht, deshalb bewarb ich mich für Architektur und bekam einen Platz in Braunschweig. Als Zweitfach wählte ich »Wolters Pils« und Nachmittage im Bett verbrachte ich nicht mehr allein, sondern mit wechselnden weiblichen Bekanntschaften. Nachts fuhr ich Taxi. Ich schloß »Wolters Pils« mit summa summarum ab, bekam im Vorspiel eine Eins, kam aber wegen Ejaculatio praecox insgesamt nur auf eine Drei plus. Die Vorstellung, in den Schuldienst zu gehen (ich hatte inzwischen zur Kunstpädagogik gewechselt), war mir so zuwider, daß ich unter dem Vorwand der Staatsfeindlichkeit das Land verließ. In Dänemark lernte ich den aufrechten Gang und auch das Durchhalten und bekam am Ende der Zimmermannsausbildung einen viersprachigen Gesellenbrief in Leinen als Ergänzung zu meinem Freischwimmerzeugnis. Dennoch zeitigte das Erziehungsziel meines Vaters, seinen Kindern das Selbstbewußtsein zu rauben, durchaus noch manchmal seine Wirkung.

Die Nachmittage auf dem Bett vermißte ich nicht weiter, wohl aber meine Träume. Und deshalb begann ich, sie in zeitlich umgekehrter Reihenfolge und so gut ich sie erinnern konnte, zu verwirklichen. Meist hellwach und mit großer Stetigkeit. So war es unvermeidlich, daß ich irgendwann begriff, daß der Traum von der liegenden Tätigkeit nur metaphorisch zu verstehen und wohl nur meine Fähigkeit, mir etwas vorstellen zu können, meinte.

Deshalb nenne ich es heute Arbeit, wenn ich mir überlege, ob die Bierdose so mit dem Trauma verknüpfbar ist, daß sie nicht nur als reiner Gag verzischt, sondern zu echtem Erzählstoff wird. Durchaus harte Arbeit, wie ich finde.

Porentiefe Erkenntnis

Irgendetwas bleibt immer hängen, und sei es in den Gardinen. Das meiste hängt aber irgendwo in einem selbst und nennt sich im besten Falle Erinnerung. Etwa an Zigaretten, die längst geraucht sind, und Menschen, die es nicht mehr gibt. Selbst sich selbst trägt man, zur Hälfte schon verglüht, als Erinnerung.

Rauchen entspannt – wenn andere es tun. Ich weiß, wovon ich rede. Ich bin wohl derjenige in unserer Familie, der es im sinnlosen Verkonsumieren von Nikotin am weitesten gebracht hat; der am ordinärsten rauchte; am meisten Geld dafür ausgegeben hat; der zum Arbeiten die Zigarette brauchte, der zum Trinken rauchte und sogar im Bett. Wenig Genuß, viel Sucht; Verspannung statt Entspannung. Dafür gab es in unserer Familie eigentlich keine Vorbilder.

Meinen Onkel Herbert habe ich nie rauchen sehen, sondern immer nur hustend erlebt. Der Husten gehörte zu seinem Auftritt genauso wie seine laute Stimme, seine schonungslosen Kommentare, seine rauhe Herzlichkeit. Wenn er mit meinem Vater, seinem Vetter, zusammen saß, war es mein Vater, der rauchte. Denn Herbert war Fest. Mag sein, daß mein Vater sogar eine besonders gute Zigarre hervorholte; vermutlich waren die wenigen, die er vorrätig hielt, sowieso hervorragend.

Wir haben mit dem Onkel Spaziergänge und Ausflüge gemacht, auch Picknicks mit kalten Koteletts im Liegen, aber für mich ist er »Sitzen« vorne, am Steuer des Mercedes, mit seinem dicken Schädel, daneben mein Vater als halbe Portion, obwohl mit Hut. Aber beide saßen wie Herren. Herbert beherrschte die Kunst, sich wie ein Prolet zu benehmen, aber als Herr wahrgenommen zu werden – und zugleich als Mann. Seinem Habitus nach war er ein nicht rauchender Raucher.

Mein Vater war ein Herr von Kopf bis Fuß. Das war so selbstverständlich für ihn, daß er sich lediglich darüber irritiert zeigte, nicht auch noch so wahrgenommen zu werden, wie er sich selbst sah: als Aristokrat. Meine Mutter nannte das die »eingebildete Freitreppe«. Da das Herrenhaus und die weitläufigen Landgüter fehlten, erging sich mein Vater in Accessoires. Dazu gehörten die Zigarrenkiste und die richtige Zigarettenmarke. Nicht »Ernte« oder »Overstolz«, sondern »Muratti«: Schachteln, die man gut sichtbar liegen haben konnte, die die Welt ästhetisch bereicherten. Verpackungen, die man mit feinen Gesten in die Hand nehmen konnte, deren Deckel man öffnen und deren Silberpapier man zurückschlagen konnte, um erst einmal diesen Vorgang zu genießen. Dann kam der Duft der unangezündeten Zigarette. So, halbrund oder mit einem Korkmundstück, war sie am schönsten. Beim Rauchen verlor sie nur ihre Form, ihre Proportion und den edlen Tabakgeruch – warum sich also beeilen. Indirekt ehrte mein Vater so die Hersteller und denjenigen von ihnen, denen Berufsehre kein leeres Versprechen war, hätte er auch ein gewisses Maß an jenem menschlichen Interesse entgegen gebracht, mit dem er sonst so geizte.

Tabakplantagenbesitzer, Importeur, Fabrikant – Architekt. Die Welt war in solchen imaginativen Momenten bei ihm zu Gast. Manchmal legte er – wohl kaum im Sinne der

Produzenten – die unangezündete Zigarette wieder zurück. Nicht aus Sparsamkeit, denn in materiellen Dingen war er sich selbst gegenüber großzügig, sondern weil ihm die Vorstellung genügte.

Geizig war er mit Lob für andere. Großzügig war er hingegen mit Kritik. Und je näher die Person ihm stand, desto härter. Aber auch die Herren aus der Welt des Tabaks hätten sich darauf gefaßt machen müssen, mehr oder weniger elegant darauf aufmerksam gemacht zu werden, daß sie eines nicht waren: Architekt wie er. Nur Herbert gegenüber – während sie nebeneinander saßen und in dieselbe Richtung schauten – war mein Vater einfach Mensch. Er wurde im Rahmen seiner Möglichkeiten sehr entspannt. Herbert war zwar nur Ingenieur, doch das spielte keine Rolle, denn er war vor allem eines: sein einziger wahrer Vetter. Wir Kinder mochten den Onkel sowieso, dies allerdings nicht zuletzt wegen seiner Fähigkeit, für die Dauer seines Besuchs unseren Vater zum Menschen zu machen.

Danach wurde er wieder, was er war: ein Tyrann. Um nun in der Logik der rauchverhangenen Erinnerung zu bleiben: Am wenigsten bedrohlich war er für mich als rauchender Nichtraucher. Vielleicht wurde ich deshalb Raucher. Oder um meinen rauchenden Großvater nicht zu verraten. Der hatte als nicht inhalierender Kettenraucher zeitlebens einen beachtlichen Balancegang vollbracht.

Mein Vater hatte an seinem Schwiegervater vielerlei auszusetzen. Dessen gewöhnlichen Geschmack beispielsweise. In der Tat konnte die Einrichtung in der guten Stube meiner Großeltern leicht als Kaufhausware erkannt werden. Dafür war sie im Gegensatz zu unserer bezahlt. So wie auch das

Haus. Ein Prunkstück bildete der Fernsehsessel aus Kunstleder. Darin saß mein Großvater, rauchte »Collie« und löste Kreuzworträtsel im »Weser Kurier« oder in der »Bild am Sonntag«. Davon bekam mein Vater kaum etwas mit – er ließ sich dort so gut wie nie blicken – sondern wir Kinder, wenn wir einzeln oder zu zweit nach Bremen fahren durften.

Ich kann nicht einmal erinnern, meinen Vater jemals auf dem blauen Ecksofa in der Stube in Sebaldsbrück gesehen zu haben, aber ihm hätte auch ein Kurzbesuch für eine abschließende Beurteilung gereicht oder eine zehn Jahre zurückliegende Stippvisite für eine Hochrechnung der nachfolgenden Geschmackskatastrophen. Mein Großvater war zwar Maschineningenieur, genügte sich aber als Handwerker. Er war sich im Gegensatz zu meinem Vater nicht zu schade, einfach Nachbar zu sein. Es kam Besuch, es saßen Leute im Garten. Eine kleine Plauderei brauchte kein Staatsakt zu sein. Selbstverständlich wurden die Gäste bewirtet, und ganz sicher nicht mit Vier-Sterne-Spirituosen, sondern mit »Asbach« oder »Mariacron«. Dazu gehörte für meinen Großvater die Zigarette – wohl auch draußen, aber am liebsten drinnen. Vor allem, wenn er leicht wippend in seinem Kunstledersessel saß, rauchte er. Für mich war das entspannend.

Meine Großmutter beklagte sich oft darüber. Wegen der Gardinen. Warum konnte der Mann, wenn er schon soviel rauchte, nicht wenigstens inhalieren!

Es ist zu spät, ihr zu sagen, daß das keinen Unterschied macht. Das sehe ich jetzt: Obwohl ich ausschließlich auf Lunge geraucht habe, hängt doch sehr viel in den Gardinen.

Übertriebene Neugier

Unseren Urlaub verbrachten wir auf dem Balkon. In unserer zweiten Wohnung hatten wir einen nach Norden, vor dem Arbeitszimmer meines Vaters, und einen nach Süden, vor der Küche. Das war der Urlaubsbalkon. In der Küche stand ein weißer Tisch mit taubenblauem Linoleum, an dem gefrühstückt und Abendbrot gegessen wurde. War man groß genug, konnte man dabei aus dem Fenster schauen, war man zu klein, immerhin in den Himmel.

Fast jeden Abend stieß ich meine Milch um. Der Becher war aus weißem Porzellan, verziert mit einem blauen Zweig, die Form war schlank, verjüngte sich nach unten, und die Bodenfläche war nicht größer als ein Fünfmarkstück. Der Becher trug nicht irgendein Blumenmuster, eher eine japanische Tuschezeichnung. Für Stil sorgte mein Vater. Für das Aufwischen umgestoßener Becher meine Mutter. Für das Ermitteln von Schuldigen hatte mein Vater ein Talent, meist war ich es; für das Glätten der Wogen meine Mutter. An gewöhnlichen Tagen standen uns Mettwurst, Sardellenwurst und milder Tilsiter zur Auswahl; gelegentlich auch Rügenwalder Teewurst. Zum Tilsiter gesellte sich in den Ferien deftiger französischer Käse, damit die Geschmacksnerven meines Vaters, die in einem weitaus besseren Zustand waren als seine Alltagsnerven oder sein Geldbeutel, auf urlaubsgerecht gekitzelt wurden. Mein Vater machte die Kunst und seine Kinder aßen Kunsthonig. Er hingegen bekam den Wabenhonig von Feinkost Koch. Dafür waren eigentlich nie genug Mittel zur Verfügung, aber das eine Glas ab und zu konnte die Dinge wohl nicht schlimmer machen. Wenn es sommerlich warm war, öffneten wir die Flügeltüren und zogen um auf den Balkon. Auf dem sonnigen Vorderbalkon war mein Vater ein völlig anderer als auf dem schattigen Nordbalkon vor seinem Büro. Wenn er sich auf den jemals verirrte, trug er den weißen Architektenkittel, während er vorne im Oberhemd erschien, manchmal sogar ohne Schlips.

Im tagtäglichen Kampf haben meine große Schwester und ich unseren Vater weniger bedauert als gefürchtet. Dabei hätte ein wohlmeinender Arzt seinen Nerven lediglich einen lebenslangen Aufenthalt auf dem sonnigen Balkon verordnen müssen. Selbst ihm fielen in dieser Umgebung keine Hinterhältigkeiten ein. An solchen Tagen machte die Familie dem Namen ihrer Straße alle Ehre: Friedensallee. Bis auf meine Mutter hatten wir dort alle frei.

Wahrscheinlich hatten wir die Wohnung mit den zwei Balkonen etwas zu spät bezogen, ganz abgesehen davon, daß Hamburger Sommer nie so lange dauern, daß Seelen abheilen können, und auch abgesehen davon, daß sich bei den ersten beiden Kindern präpubertäre Renitenzen abzeichneten, die auch nicht durch vier oder fünf mit Petunien bepflanzte Eternitkästen im Zaum gehalten werden konnten. Aber wir genossen ihn.

Der Balkon war ungewöhnlich lang. Er bot ausreichend Platz für den zusammenklappbaren Tisch aus Bakelit – so nannte sich jenes schwere Kunststoffmaterial, das an den Kanten eigentümlich verletzbar war – und für fünf mit farbigen Nylonbändern bespannte Gartenstühle. Das entsprach exakt dem damaligen Stand der Familienplanung,

18

von der wir erst Jahre später erfuhren, daß sie nie einvernehmlich stattgefunden hatte. An der seitlichen Rückwand konnte sogar noch ein Liegestuhl stehen. Obwohl ich auch auf dem Balkon nicht immer wußte, ob ich wirklich dazu gehörte, saß ich dort gern, weil ich Draußen immer angenehmer empfand als Drinnen, und selbst zäher Quark dort gewinnt, besonders mit Schnittlauch und Radieschen.

Die Horizontlinie lag weit über der Straße. Wenn meine kleinere Schwester und ich das Autospiel spielen wollten, bei dem wir die Wagen nach Farben zählten, mußten wir uns recken. Und als ich durch eine dumme Bewegung auf der Zufahrt zur Garage hinfiel und meine Vorderzähne verlor, mußte sich mein Onkel Herbert in voller Höhe über die Petunien beugen, um den schockierenden Vorfall in ganzer Tragweite zu erfassen. Er hat ihn dann, im Gegensatz zu mir, nie endgültig verarbeitet. »Zeig mal deine Zähne!«, forderte er jahrelang bei jedem Besuch und erschrak: »Die sind ja immer noch schwarz!«

Normalerweise reichte Erwachsenen zur Observation des fließenden Verkehrs der gereckte Hals, während man Passanten durch die Blumen oder zwischen den Kästen hindurch beobachten konnte. Mein Vater tat das leidenschaftlich gerne, während er bei seinen Kindern jegliche Neugier mißbilligte.

Ich weiß nicht, ob es Schnittlauch oder Radieschen gab, oder was sonst meine Mutter an einem frühen Abend herangeschafft hatte, jedenfalls aßen wir und saßen recht entspannt um den Bakelittisch, als unten die vollzählige Familie unseres Hausarztes vorbeiflanierte. Oder fast alle. Genau konnten wir es nicht ausmachen.

Es war ungewöhnlich, sie dort im Gänsemarsch zu sehen, weil sie mehrere Autos besaßen und zum Vertreten der Beine ein Grundstück an der Ostsee. Obwohl man die Frage, warum sie dort vorbeigingen, nicht durch verstärktes Glotzen klären konnte, erhob sich mein Vater bis über den Balkonkasten, wir Kinder reckten uns auch in die Höhe, und vielleicht reagierte sogar meine Mutter auf diese Geste von Gemeinsamkeit, indem sie ebenfalls aufstand.

Sofort versuchte mein Vater uns mit einer harschen Bewegung daran zu hindern, so neugierig zu sein wie er selbst. Zu spät. Der Arzt, von einem vagen Gespür getrieben, schaute just in diesem Augenblick am Haus hoch, erspähte uns und nahm sicher mehrere Bilder wahr. Wenn jemand uns bis unters Hemd kannte, dann er. Er sah also eine nur scheinbar geeinte Familie; eine Gruppe von Neugierigen; fünf Ertappte, von denen drei nur unschuldige Kinder waren; einen errötenden und sogleich eilfertig grüßenden Familienvorstand; und sicherlich hörte er das Lachen und Prusten, in das sich die Situation auflöste.

Für uns – oder für mich – war es enorm entspannend, unseren Vater in so vollkommener Inkonsequenz zu erleben. Und noch besser war, daß er sich der Beweislast ergab und es so nahm wie es war: zweifellos peinlich, aber eben auch saublöd und komisch. An jenem Abend brauchten wir keinen Schuldigen, an jenem Abend nicht.

Wenig Berührung

Kaum irgendwo lernt man besser, seinen Körper einigermaßen – also, als einen Fehler unter vielen – anzunehmen, als in einem Sportverein. Weniger zweifeln, mehr duschen. Ich vertat diese Chance als Grundschüler bei den Jüngern Poseidons: Wir hatten unsere Bahnen geschwommen, wir waren als Gleiche unter Gleichen mit dem Abzeichen »SVP«, Schwimmverein Poseidon, von den Duschen zu den Umkleideschränken gegangen, als ich zu einem dicken, etwas älteren Clubkameraden, der gerade seine blaugräuliche, lange Unterwäsche anzog, sagte: »Na, du trägst die Arbeitsklamotten deines Vaters auf?« Er erhob sich und haute mir ein paar an die Backen. Ungeübt in der Lebenstechnik, auszulöffeln, was man sich eingebrockt hat, verließ ich umgehend den Verein.

Dem »Bissi«, dem Bismarckbad am Bahnhof, blieb ich aber treu, wenngleich mir das Badeleben außerhalb des Beckens suspekt war. Unter den Duschen wuschen sich einige Männer zwischen den Beinen. Könner hielten gar vorne ihre Hosen auf, um den warmen Regen hineinspülen zu lassen. Es gab Typen, deren Badehosen seitlich nur durch Schnüre zusammen gehalten wurden. Sie waren bis in den Winter braun gebrannt, stolzierten gerne am Beckenrand entlang, und in ihrem Gesicht stand geschrieben, daß sie sich selber auch sehr gut ohne Hose vorstellen konnten.

Das wirkliche Vergnügen des Freizeitmoduls »Ins-Bissi-Gehen« bestand im Hin- und vor allem im Rückweg, den wir immer durch das Kaufhaus »Hertie« legten. Es war ein wundervoller Spielplatz, eigentlich ein Ort angewandter Imagination, wo wir von der Eisenbahn bis zum Ein-Mann-Zelt alles bestaunten, befingerten und möglichst auch ausprobierten, was wir nie oder erst Jahre später würden kaufen können.

Selbst im Sommer bot Hamburg überwiegend Hallenbad, denn dahin konnten wir alleine gehen. Mußten wir auch, weil meine Mutter überhaupt nicht schwimmen konnte und mein Vater für solche Unternehmungen nur bedingt zur Verfügung stand. Nur sehr vage erinnere ich, daß er in der kleineren, moderneren Halle des Bismarckbads dünn und bleich im Wasser stand und darauf wartete, daß meine kleine Schwester sich traute, die Rutsche zu nehmen. Vielleicht bilde ich es mir aber auch nur ein.

Mein Vater hätte es genauso wenig wie ich auf den Fries einer antiken Vase geschafft. Ihm hätte es mit seiner geraden markanten Nase vielleicht noch als Porträt gelingen können. Doch mit den restlichen spindeldürren Gliedmaßen versuchten wir die Öffentlichkeit nach Möglichkeit zu verschonen. Kurze Hosen trug ich bald nur weit außerhalb der Grenzen jeglicher Zivilisation und lange, lange fühlte ich mich in einer Badehose nicht viel besser als damals, als ich der versammelten Nachbarschaft meiner Großeltern meine ersten Schamgefühle vortanzen durfte: Vermutlich hatten sie sich aus ganz anderen Gründen als der Neuigkeit »unser Enkel hat eine neue Badehose!« im Vorgarten meiner Großeltern eingefunden, jedenfalls schienen es weit mehr zu sein als nur die unmittelbaren Nachbarn von links und rechts. In all die Augen schaute ich ganz bewußt nicht, als ich auf den Tisch gehoben und splitternackt ausgezogen wurde, um die kleine blaue Hose mit den eingewebten weißen Streifen verpaßt zu bekommen. Meine Gedanken waren ausschließlich bei meinem unverhüllten, aber eigentlich kaum vorhandenen Geschlecht.

Meine Großeltern besaßen in einem Stadtrandbezirk ein kleines Haus. Es war gerade groß genug, um im ersten Stock eine winzige Dachwohnung an eine Familie zu vermieten, und Haus genug, um einen Vorgarten zu haben, einen Zaun, einen Plattenweg zur Eingangstür und eine Art umrankter Laube vor einem Anbau, der eigentlich die Waschküche gewesen war, aber hauptsächlich den Öltank beherbergte, der dem ganzen Raum den Geruch gab. Der bescheidene Wohlstand in ihrer Zeit als Großeltern ergab sich aus einer Offiziersrente, die mein Großvater als einstiger Pilot der Luftwaffe bezog. Er sprach nie über den Krieg und erklärte mir nie, wie es zu dem Einschußloch in seinem Bauch und dem merkwürdigen hängenden Hautfetzen gekommen war. Aber er verbarg auch nichts, wenn er sich umzog oder – nur leicht abgewandt – auszog. Meinen Vater erlebte ich allerhöchstens im langärmligen Unterhemd und auch im Sommer mit langer Unterhose vorm Badezimmer, während ich als kleiner Junge bei meinen Großeltern sogar zwischen ihnen im Bett einschlafen durfte.

Wenn mein Vater auf einem Ausflug war, trug er normalerweise statt eines Mantels einen Mantel, statt eines Jacketts ein Jackett, statt Lederschuhen Lederschuhe und statt eines Hutes einen Hut. Nur er selbst spürte den Unterschied in der Façon, aber es war seinem Gebaren anzumerken, daß ein erheblicher Teil der Last des Alltags von ihm abgefallen war und er sich dem hingeben durfte, was er am

liebsten mochte und am besten konnte: Natur und Kultur-
landschaften sehr bewußt in sich aufnehmen und frische
Luft atmen. Er brauchte dazu nicht Umbrien, die Proven-
ce oder das Tessin, sondern kam mit zwei Landstrichen
aus: Norddeutschland, wo er aufgewachsen war, und der
Schwäbischen Alb, die er während des Architekturstudiums
in Stuttgart kennengelernt hatte. Da ihm seine finanziel-
len Möglichkeiten keine weiten Reisen gestatteten, war die
Norddeutsche Tiefebene sein eigentliches Reiseland. Und
auch davon nur ein Teil, der maximal von Worpswede bis
Plön reichte. Den Rest der Welt, die für ihn sowieso nur
aus dem Abendland bestand, bereiste er ausschließlich beim
Lesen, vorzugsweise beim Anschauen der »Merian«-Hefte.
Vor allem kehrte er mit allergrößter Leidenschaft in Gegen-
den zurück, die er kannte, und das durften gerne die sein,
die man mit dem Öffentlichen Nahverkehr erreichen konnte, wie etwa Ahrensburg, die Harburger Berge oder das Alte
Land. Eigentlich wiederholte er nur die Ausflüge, die er
schon als Kind gemacht hatte. Jedes Detail einer Stippvisite
in Wittenbergen oder Finkenwerder konnte er in endlose,
exakte Sätze fassen, gegen die die Wortschöpfungen und
Satzbauten Thomas Manns wie ungenauer Tand wirkten.
Es war für uns Kinder immer fürchterlich ermüdend, das
anhören zu müssen. Vermutlich wäre er gerne so stilvoll ge-
reist wie Thomas Mann. Er hätte sich in solch einem Falle
ohne Frage mit weißer Kapitänsmütze und blauem Blazer
in den Strandkorb gesetzt.
Meinen Vater in Badehose sehe ich aber in einem anderen
Umfeld: im Sommer an der Ostsee, wo unser Hausarzt an
der Lübecker Bucht ein Wochenendhaus besaß. Unsere bei-

den Familien waren irgendwie befreundet. Über viele Jahre müssen wir dort zu Besuch gewesen sein.

Am Sommer gefielen mir die kurze Hose und das kurzärmelige Hemd, wenn man schon früh morgens wußte, dies wird ein warmer Tag. Ich mochte dieses Gefühl der Leichtigkeit: Keine Strümpfe, kein Unterhemd bis zum Ins-Bett-Gehen. Badehosen mochte ich nur tragen, wenn ich braun war, doch das wurde ich nie, ich verbrannte lediglich. Beim Segeln in der H-Jolle auf der Ostsee im höchsten Hochsommer trugen alle Kinder und Jugendlichen Badesachen. Wir gondelten stundenlang in der Neustädter Bucht herum und sangen, zwischen schlappen Wenden und trägen Halsen, alle 114 Strophen von »eisgekühlte Coca-Cola…, Coca Cola eisgekühlt!«, doch ich brachte es nie fertig, mich wie die anderen Jungen einfach an den Bug zu stellen und mit einer Hand an der Takelage und der anderen an der Hose in die Ostsee zu pinkeln. Die Zweifel am eigenen Körper überwogen. Ich neigte lange Jahre zu Woody Allens Replik, der einer Frau, die vermutete, er kenne den Begriff Penisneid nicht, entgegnete: »Doch, doch! Ich bin einer der wenigen Männer, der daran leidet!«

Wir als Familie fuhren eigentlich nie an den Strand. Zumindest nicht mit der Absicht, einen ganzen Tag in Badekleidung Burgen zu bauen und Ball zu spielen. Auf unseren Ausflügen bewegten wir uns von da nach dort und die Wolldecke wurde nur zur Rast ausgebreitet und nicht, um stundenlang herumzuliegen. Ein – wenn auch kurzer – Aufenthalt im Wochenendhaus des Arztes war dagegen erheblich stationärer. Das freizeitliche Treiben setzte sich zu einem Drittel aus Garten, einem Drittel Segeln und eben auch einem Teil Strand zusammen. In wechselnden Konstellationen. Einmal muß für alle zusammen Strand auf dem Programm gestanden haben, und so saßen mindestens vier Erwachsene und sieben Kinder am Fuße des Steilufers. Vielleicht waren es sogar mehr Kinder, die herumliefen, Ball spielten, etwas zu trinken haben wollten oder sonstwie die Gruppe umrundeten. Nur mein Vater saß weit abseits, bestimmt hundert Meter von der Gruppe entfernt, in seiner verschossenen wollenen Badehose, mit dünnen Beinen, die so weiß waren, daß sie fast blendeten, mit spindeldürren Armen, die unten rot und oben muskelfrei waren, mit seinem schmächtigen Oberkörper, der ebenfalls schneeweiß war bis zum zweiten Kragenknopf, dem Übergang zum sonnenversengten Hals und dem verbrannten Kopf. Er saß keineswegs entspannt da, sondern kauernd und aufs Wasser schauend. Vielleicht trauerte er der Zeit nach, als man in der Sommerfrische auch in Badezeug noch bekleidet war. Mit quer gestreiften Anzügen bis zur Wade, mit Breecheshosen, Pullunder und einer Schiebermütze aus Leinen. Es gab so eine Szene als bräunliche Fotografie, die ihn mit Schwester, Eltern, Onkeln, Tanten, Cousins und Cousinen am Niendorfer oder Timmendorfer Strand zeigte. Sein Vater soll sehr sportlich gewesen sein.

Sehr, sehr spät entdeckte ich eine andere Gemeinsamkeit mit meinem Vater. Da ging er schon fast auf sein Ende zu und ich auf die Vierzig. Er war in der Wohnung, die er nach der Scheidung von meiner Mutter bezogen hatte und die er mit zunehmendem Mißerfolg bewirtschaftete, gestürzt. So kam es fataler Weise, daß ausgerechnet ich Mann, den ich immer gehasst hatte und den ich nie verstanden hatte, gesund pflegte und wieder zum Laufen brachte. Ihn, den ich mein Lebtag nie nackt gesehen hatte, ließ ich langsam in die wohltemperierte Badewanne gleiten und stellte dabei fest, daß seine immer noch gleißend weiße Haut zwar welk wirkte, sich dennoch unendlich weich anfühlte. So weich, wie man mir manchmal gesagt hatte, meine Haut wäre.

Entleerte Illusionen

Nicht ohne Grund hießen Mülleimer einmal Ascheimer. Sie konnten ohne zu schmelzen heiße Glut aufnehmen. Im Arbeiterviertel Altona mit seinen alten Mietshäusern, wo es noch überwiegend Wohnungen mit Ofenheizung gab, waren die Mülleimer deshalb aus Metall. Lange Zeit waren sie größer als ich, so daß mir die Haltegriffe an den Seiten vertrauter waren als die Oberseiten der Deckel, in deren Mitte ein faustgroßer Knauf saß, der an der runden Kante blank war, weil die Ascheimermänner, die dann später Müllwerker hießen, die Tonnen an dieser Stelle mit ihren Lederhandschuhen griffen und austarierten, wenn sie sie über den Fußweg zum Müllwagen rollten.

Wann die verbeulten Ascheimer durch Mülltonnen aus Plastik ersetzt und mit dem roten Aufkleber »Keine heiße Asche einfüllen!« versehen wurden, vermag ich nicht zu sagen, wohl aber, daß dies Anfang der 70er Jahre noch nicht der Fall war, als ich mich, mittlerweile fast doppelt so lang wie die Tonnen, einmal in höchster Eile und vor Eifersucht zitternd, hinter zwei Ascheimern verstecken mußte. Oder wollte. Oder nicht anders konnte. Diese unmögliche Situation markierte nicht das Ende meiner Jugend – die hielt noch lange an –, sondern den Anfang einer ganzen Reihe von Einblicken und bitteren Erfahrungen, daß sich Liebe in kürzester Zeit vom Schönsten ins Fürchterlichste wandeln konnte. Verhältnisse, Beziehungen oder Zuneigungen waren offenbar ohne Wahrung von Fristen einseitig kündbar, verderblich oder – von einem Augenblick auf den anderen – Asche.

Das einzig Vertraute dieser Erfahrung waren die Ascheimer. Bei uns im Hof galten sie seit eh und je als Notversteck. Sie standen gleich rechts, wenn man aus der Hoftür, die etwas tiefer als das Parterre lag, heraustrat, auf einer winzigen Fläche zwischen zwei Hecken und vor den vier Stufen, die zum eigentlichen, sogenannten Hof, hinauf führten.

Die beiden Gärten hinter den Hecken gehörten zu den Wohnungen im Erdgeschoß und standen zum Spielen nicht zur Verfügung. Man konnte relativ gefahrlos – also ohne ausgemeckert zu werden – dort einen verschossenen Ball rausholen, aber als Versteck fielen sie aus. Strenggenommen fielen auch die Mülltonnen aus, da sie von meinem Vater, dem familieneigenen Gesundheitsminister, immer wieder als Inbegriff der bakteriellen Verseuchung gebrandmarkt wurden. Wie schlimm es war, konnte man an der Art und Weise sehen, mit der er beim Entleeren unseres Küchenascheimers oder des Papierkorbs den Deckel mit spitzem Finger zurückstieß, mit vor Ekel abgewandtem Gesicht den Abfall hineinschüttete und dann mit einer noch viel komplizierteren Gegenbewegung den Deckel wieder zuklappte. Seine ganze Choreographie legte die Vermutung nahe, daß Bakterien zugleich hochexplosiv seien.

Die Unterseite der Deckel war in der Tat eklig: rotbraune, schimmelige Aschreste, durch feuchte Küchenabfälle über Monate am selben Platz gehalten. In welchen Intervallen die städtischen Tonnen einer gründlichen Spülung unterzogen wurden, weiß ich nicht. Mir kam es so vor, als ob »unsere« Ascheimer immer dieselben waren, was eine große Vertrautheit zur Folge hatte. Im Sommer, wenn sie nicht mit glühender Asche befüllt wurden, waren sie erst recht heiß, wenn ab Mittag die Sonne aufs Metall brannte und daumennagelgroße, grüne Brummer versuchten, an die Quelle der köstlichen Gärungsgerüche zu gelangen.

Das wöchentliche Leeren ging unter großem Getöse vor sich, weil die vier Tonnen erstmal durchs Treppenhaus mußten. Den Ascheimermännern genügte eine geringfügige Neigung des Plattenwegs von der Haustür bis zum Bürgersteig zum einhändigen Rollen. War genug Platz, konnten sie auch zwei »Ottos« gleichzeitig zum grünen Müllwagen trudeln, das Einhängen und Hochziehen der Tonne war eine Bewegung, gekrönt durch das klappernde, zischende Abschütteln und Ausschütten. Und dann kam das, was ihren Beruf erstrebenswert machte: Sie durften hinten auf dem Trittbrett stehend, sich nur lässig mit einer Hand am Griff haltend, bis zum nächsten Hauseingang mit fahren.

Mein Vater hatte sehr hehre moralische Prinzipien – was sich wohl meist mit seinem Tun deckte – und eine noch höhere Meinung von seinem Wirken als Architekt – was jedoch nicht immer gerechtfertigt war. Mitte der 70er Jahre schlug ihm ein Bauunternehmer eine Zusammenarbeit für die Entwicklung und Vermarktung von verschließbaren Behältnissen aus Fertigteilen für Mülltonnen vor. Er verlangte also vom großen Meister, Häuser zu entwerfen, die ihm nicht einmal bis zur Brust gingen, die nicht viel anders aussahen als ein Schuhkarton und in denen Dreck aufbewahrt werden sollte. Mein Vater empfand das als undenkbar. Erst durch die in den folgenden Jahrzehnten überall aus dem Boden schießenden Waschbeton-Dinger, die erst den Mülleimern und dann ganzen Containern ein Versteck boten, wandelte sich das einst so unwürdige Ansinnen des wachen Unternehmers zu einer verpaßten Chance. Finanziell gesehen. Der Familie hätte ein wenig mehr wirtschaftlicher Erfolg des Haushaltsvorstandes vielleicht ganz gut getan. Ein wenig mehr Sein als Schein.

Meine große Schwester hatte er mittlerweile rausgeworfen, sie wohnte bei einer Freundin, was mir zustatten kam, als ich bei einer Fete in der Kunsthochschule Lea traf. Sie hatte eine angenehme Art, Kernthemen zügig anzugehen, und obwohl wir in der Nacht nicht miteinander schliefen, unternahmen wir ein paar Stockwerke höher in einem nicht verschlossenen Fotolabor einiges, um uns auf der Stelle genauer kennenzulernen. Ich war bislang bei keinem Mädchen endgültig zum Zuge gekommen, und das Gefühl der Überfälligkeit hatte sich schon vom Inneren aufs Äußere übertragen, aber an jenem Abend wirkte ich wohl dennoch hinlänglich keck – oder bildbar. Lea war eher puppig als schön – hohe runde Stirn und Kußmund – und stand wie ich vorm Abitur. Sie wohnte ebenfalls noch bei den Eltern, besaß aber ein Auto. Der rote Fiat 500 stand quergeparkt vor der Hochschule. Er wurde für eine knappe Woche unser Vorspielwagen und Wetterhäuschen.

Nach einem kalten Spaziergang an der Elbe saßen wir unentwirrbar ineinander verschlungen in dem winzigen Auto auf dem Parkplatz und mir wollten schon keine Varianten mehr einfallen, die nicht nur meiner Lüsternheit, sondern auch der Öffentlichkeit des Ortes und dem Winterwetter Rechnung trugen, da sagte Lea ganz sachlich und richtig: »Kann es sein, daß du mit mir bumsen willst?« Dieser Satz wirkte in jeder Beziehung erlösend. Ich rief meine Schwester an und machte ihr klar, daß sie innerhalb der nächsten sieben Minuten ihre Wohnung – also ihr Zimmer in der Klein-WG – für einige Stunden zu verlassen hätte. Der Rest war einfach. Lea ließ mich, schneller als ich gedacht hatte, mich selber entjungfern.

Immer wenn ich glaubte, es meiner Schwester zumuten zu können, die Schaumstoffmatratze für ein paar Stunden oder für eine Nacht entbehren zu können, vertieften wir uns ineinander. Und dann wurde ich auch bei Lea zu Hause vorgestellt, oder besser, mitgebracht. Völlig unkompliziert. Morgens fragte die Mutter, eine verhärmte Frau in bunter Kittelschürze, wie viele Spiegeleier ich haben wollte. Der Vater war Elektroingenieur und fuhr einen großen Peugeot, ein schweigsamer, männlicher Mann, der das Geld herbeischaffte, das aber lediglich in der Limousine Spuren hinterlassen hatte. Eine kleine, enge Wohnung in einem nichtssagenden Block in einem der ereignisärmsten Stadtteile im Norden Hamburgs. Essen auf der Küchenbank. Sie stammten aus der DDR, nein, aus der SBZ. Außer den köstlichen körperlichen Erfahrungen im viel zu engen Bett im Jugendzimmer lernte ich noch etwas über die Liebe als solches: Lea liebte ihren Vater; sie hatte es immer genossen, zu ihren Eltern ins Bett zu kriechen; ihr Vater roch – vermutlich eher morgens – nach Schweiß und folglich liebte Lea Schweiß. Damit konnte ich manchmal dienen.

Wir karjolten mit ihrem kleinen roten Fiat über die Dörfer. Die Rückbank taugte durchaus für den Verkehr, wenn der Beifahrersitz entfernt war. Einmal nahmen wir uns ein Zimmer in einer kleinen Pension an der Schlei und ich war maßlos erstaunt, daß von der Wirtin nicht einmal die Andeutung einer Nachfrage bezüglich unseres Familienstandes kam.

Was uns auch immer verband, wir gehörten zusammen. Daß man jemanden hintergehen konnte, wußte ich zwar im Prinzip, aber noch nicht, wie es sich anfühlt, wenn man betrogen wird.

Der Freund meiner Schwester hatte eine Art Atelier in einem Hinterhaus im tiefsten Altona. In und an dem Hof betrieben teilweise noch die alten Firmen ihr Gewerbe, teilweise hatte schon eine Vorhut der Alternativen einige der kargen Räume bezogen: Treppenstufen aus Zement mit Metallkanten, fließend Kaltwasser, Klo auf der Etage und Stahltüren, durch die ein klopfender Knöchel nicht zu hören war und deren Klingelknöpfe sich schon vor Jahrzehnten festgesetzt hatten. Wenn zu dem kiffenden Künstlerpärchen, den Etagennachbarn des Freundes meiner Schwester, einmal die Woche »der Türke« mit einer Lieferung Frisch-Hasch kam, wurde die Bude regelrecht aufgeräumt, die Tücher über den Sitzmatratzen, den Bettmatratzen und die Stoffbahnen, die als Raumteiler dienten, zurecht gezogen. Zur Feier des Tages wurde sogar das Katzenklo in die Mülleimer im Hof geleert.

Ich kannte die Straße gut, weil sie zum Hintereingang von »Hertie« führte und weil »VerLiFot«, der Lichtpausbetrieb, zu dem ich jahrelang im Dauerlauf die Zeichnungen meines Vaters gebracht hatte, im Nebenhof lag. Ich mochte die lumpige Atmosphäre und mir gefiel auch das Chaos, das entstand, wenn wegen der Müllabfuhr, aber vor allem wegen falsch geparkter Autos, die Straßenbahn nicht weiterfahren konnte und sich die Stimmung in der Kurve am

Ende der engen Straße zu einem Hauch von Lissabon hochschaukelte: Fahrer und Schaffner stiegen aus, Passanten kamen hinzu und gemeinsam wippte und wuchtete man den störenden Wagen aus der Nähe der Schienen.

Ich mochte auch das Atelier mit den staubig-stumpfen Scheiben in den metallenen Fabrikfenstern. Den Freund meiner Schwester mochte ich soweit auch, wenngleich der Altersunterschied zwischen einem schulpflichtigem Neunzehnjährigen und einem Studenten Mitte Zwanzig eine unbeschwerte Kommunikation selten zuließ. Zu entgegenkommenden Gesten reichte es: Selbstverständlich durften wir – ab und zu – seine Matratze benutzen, um meine Schwester zu entlasten.

Zwischen Leas Jugendzimmer im Nordosten und unserer Wohnung im mittleren Westen lag die ganze Stadt, wir verabredeten uns also nicht, um nur schnell ein Eis zusammen zu essen. Wenn einer von uns beiden nicht zu Hause war, tendierten die Kommunikationsmöglichkeiten gegen Null. Darüber machte ich mir nie Gedanken. Ich war weder mißtrauisch, noch neigte ich zu grundloser Eifersucht. Am helllichten Tage schon gar nicht. Und doch stimmte eines Tages irgendetwas nicht. Es lag nicht am Telefon, das nicht abgenommen wurde. Ich spürte, daß weder ein Einkaufsbummel, ein Schwimmbadbesuch und auch kein abgefallener Auspuff der Grund sein könnte. Mein Körper stellte sich mit klopfendem Herzen und stockendem Atem und ohne den Kopf weiter zu konsultieren, auf die schlimmste aller Möglichkeiten ein. Ich wartete. Irgendwann diktierten die Beine die Richtung. Weder hatte ich Beweise, noch wollte ich sie wirklich haben. Ich ging, nein, lief, in die kleine Straße, in der das Atelier lag. Schon im Torweg wußte ich, daß ich dem Freund meiner Schwester den Grund für mein grundloses Erscheinen nicht erklären und erst recht nicht die beiden überraschen wollte. Ich ging über den Hof, schlich die grauen Stufen im Treppenhaus hinauf bis zur Tür. Ich vernahm keine Geräusche und keine Stimmen außer den gepreßten Lauten, die ich selber zwischen Sonnengeflecht, Lunge und Herz produzierte. Ich stolperte wieder in den Hof, schaute vergeblich zu den Fenstern, um irgendetwas zu sehen, was meinen Hirngespinsten Nahrung geben könnte. Ich wußte, was ich gar nicht wissen konnte. Unschlüssig blieb ich auf der Straße stehen, die völlig ruhig dalag. Kein Mensch war zu sehen, auf den Bürgersteigen standen die Mülltonnen. Ich wollte gerade gehen, als sich die schwere Eingangstür zum Hinterhaus bewegte und Lea und der Freund meiner Schwester auf den Hof traten. Ich sprang auf die andere Straßenseite, zwischen die Ascheimer, direkt in ihrer Blickrichtung und duckte mich. Sie sahen mich nicht, denn sie küßten sich. Das war Jahrzehnte bevor man sich sogar in Altona bei jedem Kommen und Gehen mediterran zu küssen begann. Sie umarmten sich. Die Situation bot genug für eine Anklageerhebung, aber auch für meine Entlarvung als häßlicher Spion. Lea trug ihr kurzes, rotes Sommerkleid, das etwas hoch rutschte, als sie sich auf die Zehenspitzen stellte. Ein langer Zungenkuß. Ich konnte das Tremolo meiner Füße, das sich über die Knie den Körper hinauf fortsetzte, nicht unter Kontrolle halten und sank mit drohendem Atemstillstand hinter die Ascheimer. Arm in Arm kamen sie durch den Torweg direkt auf mich zu und küßten sich vor der Einfahrt ein letztes Mal. Er ging nach rechts, sie ging nach links.

Der Einführungskurs durch meine Entjungfer konnte nicht kompakter sein. Weder meiner Schwester noch ihrem Freund, aber auch nicht Lea gegenüber ließ ich darüber ein Wort fallen. Die Spionageergebnisse nutzte ich nicht direkt, sie flossen als Wissenstand in die Gesamtevaluierung ein, als wir uns bald danach trennten. In meinem inneren Museum gehören sie als weitgehend recycelter Seelenmüll zu den harmloseren Ausstellungsstücken.

Lose Blätter

»Gestern war es noch wichtig, heute ist es Altpapier.« Das ist nicht von mir, sondern von meiner Nachbarin. Von mir ist nur das Altpapier. Sie sagte den klugen Satz, als ich einmal ausnahmsweise ein dickes Bündel alter Zeitungen und Prospekte die Treppe hinunter trug.

Für mich gibt es in dem Sinne kein Altpapier. Bei mir hat selbst der vergilbteste Zeitungsfetzen eine Zukunft. Bis ich die ermittelt haben werde, werfe ich nichts weg. Eigentlich werfe ich bis auf Küchenabfälle überhaupt nichts weg. Nur einige Handwerker wissen um den Pegelstand der Papierstapel in meiner Wohnung.

Das Wort Messie kommt mit nur schwer über die Lippen. Ich mag es einfach nicht. Aber ich kann meine Scham über überlaufende Ablagen nur schwer mit eine Art Kulturbonus verbrämen und sozusagen den Besser-Messie spielen, denn das Problem ist nicht im kreativen Bereich zu Hause, sondern im familiären. Wenn der Herrgott dereinst meine Tante zu sich ruft, können wir nur hoffen, daß sich das in der Stadtbäckerei zuträgt oder im Eppendorfer Krankenhaus, wo sie ein paar Mal im Jahr liegt, um sich von ihrer Wohnung zu erholen. Denn zwischen den Bergen von Kartons, Plastiktüten und alten Zeitungen würde sie nicht so leicht zu finden sein. Immerhin hat sie eine treue Putzfrau, die nach wie vor einmal die Woche kommt, wenngleich die Gänge zwischen den Haufen zu schmal für einen Besen sind.

Ich kann mich nicht einmal hinter der Erklärung verschanzen, daß Menschen, die nur schlecht mit Alkohol umgehen können, es also nicht gut mit sich meinen, diese Destruktivität durch Chaos allenthalben auch im Äußerlichen zeigen, weil mein Vater kaum etwas getrunken hat und doch um ein Haar von einem ein Meter hohen Stapel ungelesener Architektur-Zeitschriften, die auf einem Stuhl am Kopfende seines Bettes balancierten, erschlagen worden wäre. Auf der nach oben offenen Messie-Skala führte er vermutlich einen geradezu ordentlichen Haushalt: Bis zu seinem Lebensende konnte er Papier perfekt »auf Stoß« legen. Rein handwerklich hatte er die Sache also im Griff. Über den Inhalt der Stapel wußte er weit weniger. Und immer weniger. Fast bis zuletzt schrieb er in wasserwaagengerader Linie in gestochenen Schrift auf seine karierten Abreiß-Notizblöcke, die (um jeweils eine Fuge versetzt) ebenfalls auf Stoß lagen. Nur was er notierte, wurde unwesentlicher und unwesentlicher.

Ich könnte mir ein Leben ohne beschriebenes Papier durchaus vorstellen – ohne »weißes« Papier jedoch nicht. Es ist immer ein Rückschritt: Auch unter meiner eigenen Hand – nein, besonders unter meiner eigenen Hand – ist nie etwas entstanden, das die ursprüngliche Schönheit eines blanken Bogens übertroffen hätte. Papier ist nämlich keineswegs geduldig, sondern empfindlich.

Selbst die Schulzeit hat mir nicht die Freude an Kanzleipapier-Doppelbögen genommen, besonders wenn es schwach liniert ist und rechts von einer roten Vertikale begrenzt wird. Und wenn es leer ist.

»Der wissenschaftlich denkende Mensch arbeitet nur mit fliegenden Blättern!«, dozierte Herr Waldowsky, ein weißhaariger Vertretungslehrer an unserem Gymnasium. Sein liebstes Betrachtungsfeld war die Staatsbürgerkunde. »Damit ein Staat existiere, sind erforderlich und genügend: Volk, Land, Staatsgewalt!« Diese Säulen der Erkenntnis hatten wir dann in verschiedenen Farben auf die losen Kanzleibögen zu übertragen. Er hatte insofern recht, als sich dann neuere Erkenntnisse gut dazwischen fügen ließen. Das änderte aber nichts an der ästhetischen Zumutung, durch Wissen veredeltes Papier zu lochen und auf einen Schnellhefter zu spießen. Frevel. Ich glaube, das Fundament meiner Bildungslücken wurde in jenen Jahren gelegt, als wir nicht mehr aus Büchern lernen durften, sondern uns in Gruppenarbeit gegenseitig Matrizen, also krankgelbes Umdruckpapier mit bläulichen, wattigverwischten Buchstaben zuschustern mußten. Das war Papier, aus dem ich nicht einmal eine Schwalbe bauen mochte. Alles Papier aus der Schulzeit habe ich komplett entsorgt. Leider, denn eines der wenigen gymnasialen Elaborate, das ich gerne noch einmal lesen würde, ist meine Mathematikarbeit aus der schriftlichen Abiturprüfung. Nicht, um ein paar Flüchtigkeitsfehler zu korrigieren, sondern um einer eigenen Lebenslüge die Grundlage zu entziehen, nämlich der, daß ich mich damals gewandt und elegant gegen den Feind Mathematik gewehrt habe. Da es sich um eine Fiaskosituation handelte, hat die Verdrängung schwer an meinem Gedächtnis genagt. Den Raum sehe ich noch vor mir: Zwischen jedem der weiträumig über die Aula verteilten Tische lagen gefühlte zehn Meter und zur Lösung der Aufgabe waren ein paar unendliche Stunden anberaumt. Hilfestellungen anderer hätten mich nur dann gerettet, wenn sie sich auf die gesamte Arbeit erstreckt hätten. Und Hilfe war auch nicht zu erwarten: Viele der Klassenkameraden trugen bereits den waidwunden Blick am Numerus Clausus gescheiterter Mediziner. Zwischen diesen Inseln der Unwissenheit oder des hastigen Strebergebarens tigerte unser Mathematiklehrer, Herr Dieckmann auf den Hacken seiner schwarzen Konfirmationsschuhe, die zwar glänzend poliert waren, aber auf Grund seiner trittintensiven Gehweise immer ein wenig rund und mitgenommen wirkten. Dazu passend trug er eine Art von Anzug, der pro forma als korrekt durchgehen würde, sich aber letztlich nicht wesentlich von dem Habit unterschied, den ein kalabrischer Dorfbürgermeister am Wahltag trägt.

Dieckmann war nicht zu unterschätzen, er kannte bei einem Mogelversuch kein Pardon. Doch er war auch zu schätzen. Er war einer der Lehrer, denen der formalisierte Schulalltag, den er als stellvertretender Direktor mit Hingabe pflichtschuldigst mitinszenierte, nie die Basis für sein Tun genommen hatte: Er mochte seine Schüler. Und ließ sie das gelegentlich genauso merken wie seine strikten Erwartungen an ein Minimum mathematischen Verständnisses und Alltagsmoral. In ihm steckte mehr als er zur Schau trug: Tiefste Einsicht in das philosophische Element der Mathematik und dazu Liebe zur Musik. Auch wenn man ihn sich besser als Sammler von alten U-Bahnplänen vorstellen konnte, war seine wahre Leidenschaft das Cellospielen. Zu Hause. Für sich.

Herr Dieckmann war einer der wenigen Naturwissenschaftler, der mir ansatzweise eine Ahnung vermitteln konnte, daß Mathematik, Philosophie und Kunst irgendwie nach verwandten Melodien spielten. Damit hatte er mir das

42

einzige Instrument an die Hand gegeben, mit dem ich in diesen qualvollen Stunden der Prüfung etwas anstellen konnte. Ich umschrieb meine gesammelten Ansichten als denkbare Handlungsweise, legte also dar, was ich tun würde, wenn ich es könnte. Ein völlig zahlenfreier Fließtext. Ich füllte mehrere Bögen des ausgeteilten, kleinkarierten Kanzleipapiers, für das dieser Ansatz sicher überraschend kam, der selbst bei weitester Auslegung des Begriffs »Moderne Mathematik« den Bogen schlicht überspannte. Immerhin brachte es mich in Anerkennung der vergeudeten Tinte von einer katastrophalen Sechs auf eine schlimme Fünf. Das wußte ich zum Zeitpunkt der Abgabe nicht und verließ die Kampfstatt mit dem durchaus guten Gefühl, das Meinige getan zu haben. Nicht alles, was ich jemals geschrieben habe, möchte ich noch einmal zu Gesicht bekommen. Dies Abitur-Not-Traktat schon und das aus den genannten Gründen. Es gilt also auch die Umkehrung des Satzes von ganz oben, der dann lauten müßte: »Jahrelang war es Altpapier, heute ist es plötzlich wichtig.« Quod erat demonstrandum. q.e.d.

Latente Landesflucht

Mit meinem dritten Rucksack verbinden mich sehr warme Erinnerungen. Möglicherweise, weil ich mit ihm ausschließlich gen Süden fuhr, besser gesagt, mich fahren ließ: Getragen habe ich ihn höchstens von der Endstation der Straßenbahn bis zur Autobahnauffahrt. Noch lieber reiste ich allerdings nur mit dem Brotbeutel, weil ich den immer bei mir tragen konnte, nicht irgendwo abstellen und dauernd aufpassen mußte, daß er nicht gestohlen wurde, während ich auf der Raststätte kurz auf dem Klo verschwand. Je weiter man nach Süden kam, desto prekärer wurde das. Erst in Griechenland entspannte sich die Lage wieder. Damals jedenfalls.

Mittlerweile ist das Jahrzehnte her, aber nicht die Zeit erstaunt mich, sondern das Gefühl, daß es erst vorgestern war. Alle Erinnerungen halten sich gleich jung. Das mag daran liegen, daß die drei oder vier Reisen, die ich dorthin unternahm, mehr oder weniger hintereinander lagen. Immer mit demselben Rucksack und immer – bis auf den letzten, monatelangen Aufenthalt – mit ein und derselben Freundin aus Braunschweig.

Das erste Mal trampten wir: Eine dunkelhaarige, eher südlich aussehende Studentin und ein langer, blonder Student, dem die Härte nicht gerade ins Gesicht gekerbt schien. In der nördlichen Schweiz versagte der Daumen. Wir standen vier Stunden am selben Fleck, bis ein weißer Mercedes 280 SE mit deutschem Kennzeichen und einem kleinen Italiener am Steuer sich unser erbarmte. Er wollte nach Brindisi, das wollten wir auch; Tramperglück. Aber erst einmal wollte er nach Como und dort übernachten. Das wollten wir zwar nicht, aber wir schlossen uns an, weil er die Kosten für das große Zimmer mit den drei Betten übernahm. Ich war nicht ganz so blauäugig wie er dachte und wachte mit einem Auge, hielt mich aber natürlich auch auf Abstand zu meiner Freundin neben mir. Irgendwann in der Nacht stand er an unserem Bett. Ich wurde recht resolut und machte ihm deutlich, daß er sich das (was immer es auch sei) aus dem Kopf schlagen könne. Er trollte sich.

Was ihn sonst noch trieb, war nicht so leicht herauszufinden. Am nächsten Tag kaufte er in der Nähe von Bologna ein halbverfallenes Schuhlager, was sich wohl kaum daraus erklärte, daß er einen kleinen Eissalon im Ruhrgebiet betrieb. Danach überließ er mir das Steuer bis Neapel. Meine Freundin saß neben mir, er döste auf der hinteren Sitzbank, immerhin hatte er einen Teil der Nacht stehend verbracht. Ich donnerte, unter sanftem Einsatz der Lichthupe, mit 180 auf der linken Spur und bremste nur an den Mautstationen, damit der müde Eismann den Wegezoll entrichten konnte. Kurz vor Neapel entschied er sich wegen seines Erschöpfungszustandes für ein Hotel in der Camorra-Stadt. Nun gut, dann würden sich unsere Wege hier trennen. Es dämmerte allerdings bereits. Er bot an, ein separates Hotelzimmer für uns zu bezahlen. Das wollten wir auf keinen Fall. Nicht noch einmal! Ich sagte … Er sagte … Ich … Kurz: Wir gaben nach und damit ihm eine weitere Chance. In Neapel erwachte er wieder zum Leben. Nachts machte die Stadt einen völlig aufgedrehten, stellenweise bedrohlichen Eindruck, und so wirkte die Anwesenheit eines kleinen Italieners, den wir gut kannten zwischen als diesen schreienden Neapolitanern, den Karren mit abgeschnittenen Schweinsköpfen und grell beleuchteten Rinderzungen, fast beruhigend. Am Bahnhof schliefen die Bettler. Im tosenden Verkehr vor der Pizzeria waren Autodiebe von Handtaschenräubern kaum zu unterscheiden. Unser Eismann geizte nicht mit Rotwein, besonders nicht bei mir – er verwechselte offenbar mein spaghettidürres Äußeres mit mangelndem Fassungsvermögen. Ohne ihn hätten wir das Hotel nicht wieder gefunden; er ohne uns möglicherweise auch nicht. Wir legten uns dicht, aber nicht zu dicht, auf Halbschlaf. Not a night for sex, wie wir fanden.

Damit hatten wir ihm aber eine Argumentationslücke geschaffen, die er tatsächlich nutzte. Sehr früh morgens traf ich ihn an, als er an unserem Bett sitzend gerade die Hand nach meiner Freundin ausstreckte. Sein Argument: Wenn ich es nicht tat, mußte sich doch ein anderer um diesen schönen Körper kümmern. Da wurde ich noch vor Palermo zum Sizilianer. Man wächst mit den Aufgaben. Grollend zog er sich zurück.

Am Morgen machten wir ihm deutlich, daß wir entweder seine Frau im Ruhrgebiet oder seine Mutter in Brindisi einschalten, und ihn im übrigen samt Kater im Hotel zurücklassen würden, wenn er uns nicht umgehend zur Fähre nach Griechenland bringen würde. Er zahlte, gab mir die Autoschlüssel und legte sich auf die Rückbank zum Schlafen.

Ich raste innerlich wie äußerlich. Die rötliche Erde des Mittelstreifens der Autostrada mischte sich mit den knallroten Blüten am Straßenrand und mit meinen Kopfschmerzen zu einer einzigen orangenen Leitplanke, an die ich mich zu halten versuchte, während ich mit durchgedrücktem Gaspedal auf Brindisi zu sauste. Noch im Fährhafen raste ich. Um ein Haar hätte ich den liederlichen Eismann aus seinem eigenen Auto geworfen. Wir schieden letztlich in Frieden. Für ihn war die Sache in Ordnung: Er hatte es versucht und es hatte nicht geklappt – kein Grund zur Aufregung.

Wir schleppten unsere Rucksäcke an Bord und setzten über die Adria.

Man war sehr willkommen in Griechenland in der Zeit gleich nach dem Ende der Militärdiktatur. Touristen hießen noch »xeni«. Überall wurde uns Neugier und Freundlichkeit entgegen gebracht. Um sein Gepäck brauchte man sich keine Gedanken machen. Und es gab alles, wovon der junge Anti-Tourist träumte: Lifts auf rasenmäherkleinen Traktoren, geschenkte Tomaten und Zwiebeln, Einladungen zu Bauernhochzeiten. Man brauchte keinen Reiseplan, die Route ergab sich aus den Angeboten der Anhaltenden. Und tatsächlich verbrachten wir zwei Tage trinkend und tanzend auf einer Bauernhochzeit. Unser freiwilliger Fremdenführer dort sprach Englisch und trug eine Perücke. Man hatte ihm im Kerker der Junta-Folterknechte arg zugesetzt. Die Älteren im Dorf konnten teilweise Deutsch – jedenfalls die, die noch lebten. Was immer Hitlers Heere dort gemacht hatten, man sprach nicht darüber, und man warf es uns nicht vor. Wir waren Gäste. Unser Fremdenführer zeigte uns die Kauf-Manns-Frau weiter oben im Dorf, die keinen kleinen Damenbart trug, sondern so etwas wie eine Kleiderbürste unter der fleischigen Nase. Er lächelte sie an und fragte uns – nach außen ganz der Dolmetscher: »Do you see any strange things in the face of Mrs. Mourunaki?«

Seinen Namen vergaß ich, diesen Satz nicht.

Damals ließ es sich mit fünf Mark am Tag fürstlich leben. Allerdings verbreitete sich dies schnell in unserer Heimat. Beim nächsten Mal kamen wir zu sechst oder acht und in Autos. Und wir wurden überall erwartet: von Restaurantbesitzern. Wir schlugen unser Basislager in einer steinigen Bucht auf einer kleinen Insel auf, wo schon einige Berliner in Zelt und Schlafsack siedelten. Morgens schwammen wir zum Frühstück in eine der Tavernen und bekamen Joghurt zum Spiegelei. Zu der Berliner Gruppe gehörte eine Rothaarige, die ich gerne anschaute. Ich lernte ihre Sommersprossen auf der eigenwilligen Nase zusammen mit ihrer kleinen Brust kennen, als sie morgens aus dem Zelt kroch. Ihr Freund wirkte etwas träge, vielleicht neigte er zum Kiffen. Sie war nicht hübscher als meine Freundin, nur anders. Besonders mochte ich diese schöne, schiefe Streisand-Nase. Alle hingen irgendwie rum, schwammen, tauchten, rauchten oder lasen; es herrschte weder erhöhter Kommunikations- noch Handlungsbedarf. Manchmal mischten sich die Gruppen – hüben oder drüben – aber ich wechselte kaum ein Wort mit der Berlinerin. Ich glaubte allerdings schon, daß sie mich von anderen unterscheiden konnte.

Aus Begeisterung für das Land lernte ich in Braunschweig Neugriechisch. Nach sechs Jahren Altgriechisch im Gymnasium fiel mir das einigermaßen leicht. Meine Freundin und ich hatten uns getrennt, sahen uns aber ab und an beim Griechen. Als ich dann also alleine zu einer dreimonatigen Überwinterungsreise nach Kreta aufbrach, konnte ich bereits ganze Sätze bilden. Mittlerweile kannte ich die Insel schon ein wenig. Buchten, in denen vor ein paar Jahren nur zwei Buden gestanden hatten, waren plötzlich zum Rummelplatz geworden. Weil sich der Geheimtipp Myrtos seit dem letzten Mal so rasant verändert hatte, versuchte ich mein Glück ein Stück weiter westlich, in Arvi. Der Ort hatte sich wahrscheinlich sogar noch mehr verändert als Myrtos, aber ich hatte ihn bislang nicht kennengelernt.

In wenigen Jahren brachten Leute wie ich – Menschen guten Willens, reinen Herzens und kleinen Geldbeutels – die Entwicklung des Tourismus ein gutes Stück voran. In Arvi ging ich noch einen Schritt weiter: Ich baute mit an der Verschandelung der Dorfstraße. Mit dem linken Auge und der ganzen sehnenden Seele suchte ich alte Mauern, verwitterte Türen, Hirten mit Schärpen und Witwen mit Kopftüchern, aber mit beiden Händen verdiente ich mir am Bau ein paar Drachmen dazu. Und bei all dem sah ich nicht, daß »wir« – es waren dort durchaus originelle Weltenbummler versammelt – eine bizarre Ethnie bildeten, ein eigenes Globotop, das Stoff für schöne Geschichten bot. Und daß die, die aus dem Ort etwas machen wollten – und sei es nur einen Haufen Drachmen – uns wunderbar in ihr Vorhaben einbanden. Statt genau das mitzuschreiben, lief ich mit meinem altmodischen Skizzenbuch und dem nostalgischen Druckbleistift herum und versuchte, Schlagschatten zwischen alte Gemäuer, Steine und unter Olivenbäume zu legen und ja keinen Zementmischer ins Visier zu bekommen.

Den speckigsten Rucksack von Arvi besaß ein Grieche, der vermutlich schon mit Diogenes in der Tonne gelegen hatte. Er hatte sich seit seinem Reiseantritt vor zwölf Jahren nicht mehr umgezogen, trug trotz der Wärme einen Mantel und dazu Bart und Haare nach Steinzeitart. Es gab zwei Engländer, die auch schon ewig »on the road« waren, aber dennoch sauber und frisch daherkamen. Der eine von ihnen fuhr immer wieder zwischendurch nach London, um seine Reisekasse durch den Straßenverkauf von Regenschirmen aufzubessern. Sie kannten die einschlägigen Saisonarbeiter-Routen durchs Mittelmeer: Von Spaniens Tomaten über Italiens Oliven zu den Bananen von Kreta und dann zur Erholung nach Ägypten. Zwischen all den jungen Typen gab es nur eine freakige Frau, eine Athenerin. Sie stellte keineswegs Gemeingut dar – das wäre gemein zu behaupten –, sie war allerdings etwas sprunghaft: Mal wohnte sie bei jenem und zwei Tage später beim nächsten. Da eine gemeine Dorfgriechin gemeinhin nur einmal springen darf – nämlich in die Ehe –, landete sie bei der Lokalbevölkerung auf der Sozialleiter so weit unten, daß man es jedes Mal raunen hörte, wenn sie den Laden betrat oder an der Taverne vorbei ging.

Die durch Alexis Sorbas aktenkundig gewordene schöne Witwe gab es dagegen nicht. Für Otto-Normal-Hippie oder einen Aushilfs-Globetrotter wie mich gestaltete sich die Zeit zwischen Weihnachten und Ostern – was das anging – ein wenig karg. Ja, doch, schon.

Es kamen sogar noch mehr Männer dazu: Der Landwirtschaft im Süden Kretas ging es so gut, daß zur Erntezeit Helfer aus dem Norden von Griechenland angeheuert wurden. Sie verdienten soviel, daß sie die Hälfte davon am Wochenende in der Taverne verzocken konnten.

Ich konnte etwas Geld gut gebrauchen, alles war teurer als im Vorjahr, und so heuerte ich bei den Bananen an. Die Kommunikation zwischen den einheimischen Bauern und uns Unkrautzupfern war nicht ganz unproblematisch. Da konnte ich zu Diensten sein. Ich durfte also mehr reden als arbeiten. Bei der morgendlichen Heuerparade auf der Dorfstraße – dort, wo das Meer wegen zweier zügig wachsender Neubauten schon nicht mehr zu sehen war – hatte ich damit einen klaren Platzvorteil. Ich bekam Arbeit, wann immer ich wollte. Wie wenig ich als Dolmetscher wirklich verstand, wußte keine der beiden Seiten. Beim Zementabladen wirkte es schließlich völlig natürlich, daß ich kaum noch einen Sack selber berührte. In einem Land, wo der lange Nagel am kleinen Finger als Indiz für sozialen Aufstieg galt, durfte man gerne saubere Hände behalten. Bei einem stetig steigenden Tagessatz wirkte ich daran mit, mein gerade entdecktes Paradies zu zerstören. Trotz meiner Sonderstellung stemmte ich dennoch mehr Kilos in frischer Luft als in einem ganzen Jahr in Braunschweig. Das konnte man meinem Oberkörper ansehen. Und ich war sogar braungebrannt.

Ein enormer Nachteil der wachsenden Sprachkenntnisse war, daß ich verstehen konnte, was geredet wurde. Ich mußte feststellen, daß die Gespräche sich um noch Normaleres und Alltäglicheres als in Alexis Sorbas drehten: Im Laden, auf der Straße und überall im Dorf wurde getratscht, gequatscht und geredet wie in Osterode, Süderbrarup oder Westerfelde. Das zu erfahren war ziemlich ernüchternd für einen latent landesflüchtigen Romantiker.

Ich bewohnte ein großes Zimmer mit mehreren Betten, Tischen und Stühlen im ersten Stock eines Hauses, das einer alten Witwe gehörte. Sie saß den ganzen Tag auf einem Stuhl vor ihrer Tür und stickte. Mit jedem, der auf dem

Weg zum Kaufmann vorbei kam, wechselte sie ein paar Worte. Einmal die Woche füllte ich im Laden meine Karaffe mit Raki oder Ouzo auf. Ich verbrauchte etwa soviel Sprit wie meine Petroleumlampe.

Ostern näherte sich merklich, mehr und mehr urlaubsreife Alternative aus der Bundesrepublik trudelten ein. Der Winter der Eingeweihten ging seinem Ende zu. Die Preise stiegen und die Zimmer wurden knapp. Ein netter Berliner traf ein, mit dem ich mich auf Anhieb gut verstand. Jeden Tag kamen mehr. Eine junge Tierärztin aus Bremen versuchte herauszufinden, ob sie etwas von mir wollte oder nicht; wir wollten beide etwas, aber wieviel, wußte ich auch nicht. Lieber als mit der Veterinärin wollte ich eigentlich etwas mit ihrer verwirrten Freundin zu tun haben, mit der sie immer ausgiebig besprach, ob und wieviel sie mit mir zu tun haben wollte. Die Freundin war attraktiver, aber noch komplizierter, weil sie etwas mit Kunst machte. Es war also von Anfang an so wunderbar komplex wie zu Hause, sogar ihre blauen Pullover wirkten heimatlich. Der nette Berliner hatte zwischenzeitlich kein Zimmer und ich ließ ihn bei mir wohnen. Als die komplizierte Freundin der Tierärztin irgendwelche Probleme bekam, die ihre normale Dosis an Komplikation überstieg, durfte auch sie bei mir logieren. Wie das halt so üblich war.

Im Restaurant wechselte die Speisekarte in touristenfreundliche Kost. Es gab auf einmal regelmäßig Fleisch. Der Besitzer der Taverne kochte und brutzelte das, was auch der Grieche in Bremen und Braunschweig als typisch anbot. Das war für mich, der nicht gerne Fett von Knorpeln nagen mochte, die reine Erholung und ich ging mit mehr Geld und zunehmendem Appetit auf die voller und voller werdende Terrasse der Taverne am Strand. Möglichst vor sechs, denn dann kam der Bus.

Eines Abends kam der Bus etwas früher, hielt wie immer mitten im Dorf, die Tür öffnete sich und als erste stieg die sommersprossige, rothaarige Berlinerin von damals aus. Sie sah mich, setzte ihren Rucksack ab und wir liefen aufeinander zu. Auf andere konnte es wirken, als hätte ich sie verabredungsgemäß abgeholt.

Sie ließ ihren Rucksack einfach an der Straße stehen, wir setzten uns auf die Terrasse der Taverne und schauten uns an. Auch als wir aßen, auch als wir tranken, schauten wir uns an – und aufs Meer nur dann, wenn wir beide aufs Meer schauten – und wir redeten nicht darüber, was gerade passierte, sondern von anderem. Aber wir redeten uns direkt in die Augen und der Tisch zwischen uns wurde kleiner und kleiner und die Leute um uns herum sahen und hörten wir nicht. Stundenlang.

Es war schon längst Nacht, als wir – ohne darüber zu reden – aufstanden und an ihrem Rucksack vorbei dicht aneinander und miteinander die Straße hinunter zu meinem Haus und hinauf in mein Zimmer und in mein Bett gingen und wir uns auch dort die ganze Zeit in der Dunkelheit ansahen und ich ihre Brust wiedererkannte. Ich konnte sie fühlen, sie konnte mich fühlen, sie konnte sich fühlen und ich fühlte mich großartig. Es war sehr, sehr schön.

Wir waren nicht alleine. Es war uns egal.

Meine Untermieter wagten nicht aufzumucken. Niemand wollte seine kleinbürgerliche Seite zeigen und also zeigten sie – auf je ihrem Bett und an je ihrer Wand – ihre Rücken und taten so, als ob sie schlecht träumten und stöhnten dabei ein wenig. Es störte uns nicht, es half ihnen nicht. Es war uns egal. Völlig egal.

Als wir aufwachten, waren sie schon ausgezogen. Ich bewunderte ihre klare Voraussicht auf den Verlauf der nächsten Wochen.

Irgendwann zogen wir uns an und gingen hinaus in die Sonne. Erst ans Meer, dann am Strand entlang bis zur Taverne. Der Rucksack stand genau an der Stelle an der Straße mitten im Dorf, wo sie ihn abgesetzt hatte.

Ungeschickte Gene

Als Kinder kauften wir das, was wir für Bastelarbeiten zu Hause brauchten, bei »Leisten-Müller«. Manchmal war es so rührend wenig, daß sich der Schürzenmann im Sägemehl zwischen den Leisten und Latten nicht die Mühe machte, extra mit uns zur Kasse zu gehen. »Das ham wir zugekricht!« hieß das auf Altonaisch. Solche netten Gesten drückten die Herstellungskosten für einen Drachen ganz erheblich, da brauchten wir beim farbigen Papier für die Steuer-Rosetten am Schwanz nicht zu sparen. Aber ich konnte machen, was ich wollte, der Drachen meiner großen Schwester wurde immer der schönere. Sie hatte Farbsinn, sie schmierte nicht rum und sie konnte ganz kleine Nägel so einschlagen, daß das Endstück der dünnen Leiste nicht barst und das Drachenband hielt. Und sie hatte Geduld. All das kam nicht nur dem Aussehen, sondern auch der Flugfähigkeit zu Gute.
In der Werkstunde in der Volksschule wurden Schlüsselbretter und Frühstücksbretter mit der Laubsäge ausgeschnitten, aber alle Brettchen, die wir beim Frühstück benutzten, stammten mit Sicherheit aus der geduldigeren Hand meiner Schwester. Ich lernte früh, Frauen den goldenen Boden des Handwerks zu überlassen. Mein Talent lag mehr im Abbrechen von Projekten. Meine Modellboote strandeten meistens bereits auf der Werft. Trotzdem mochte ich Werkzeuge.
Mein Urgroßvater mütterlicherseits, Vater meiner Großmutter, kam als wandernder Schlachtergeselle aus dem

Allgäu nach Hamburg, wo er praktischerweise die Tochter eines Fleischermeister heiratete. Vermutlich trug er seinen eigenen Satz Messer bei sich, die er kundig zu schärfen verstand, bis die Klingen dünn wurden. Eine Kunst, die ich bis heute nicht lernte.

Nicht das Handwerkliche geriet so in meine Gene, sondern höchsten die Neigung zur beruflichen Vielfalt und zum Unsteten. Der eingeheiratete Schlachter züchtete jedenfalls später Kühe und dressierte Schäferhunde, die er sogar an den russischen Zaren verkaufte. Also die Hunde. Sagt man. Und zwischenzeitlich betrieb er mit seiner Frau ein Gartenlokal bei Hagenbecks Tierpark, wo er vor der Treppe saß und für die Gäste auf seiner Zither spielte. Sagt man.

Mein allererster Werkzeugkasten war ungeheuer flach und bestand eigentlich nur aus zwei DIN-A4 großen Türen und war kaum tiefer als eine Streichholzschachtel. Er gefiel mir sehr, schon wegen der Lackierung. Eigentlich gehörte er an die Wand gehängt, aber dafür wird in dem klitzekleinen Kinderzimmer, das ich mit meinen (damals noch zwei) Schwestern teilte, neben den Übereinanderbetten, dem Regal, dem Tisch, der Puppenstube, der Tür, unseren talentierten Kinderzeichnungen, den Stühlen und Hockern, dem Kohleneimer, den Hampelmännern und in der Vorweihnachtszeit den drei Adventskalendern, den Puppenwagen und Puppenbetten kaum Platz gewesen sein. Ich bekam den Kasten zum siebten Geburtstag und er enthielt fast alles: Hammer, Schraubenzieher, Feile, Raspel, einen unscharfen Hobel, eine Laubsäge und einen in jeder Beziehung nicht zu gebrauchenden Fuchsschwanz. Der Kasten spiegelte in der Art, wie man an die Laubsäge erst kam, wenn man allen

Eisenkram davor entfernte, das Dilemma unserer Wohnsituation wieder: Nichts ging ohne Umräumaktionen, bei der Dinge nicht nur den Ort wechselten, sondern auch die Bedeutung. Meisterin des permanenten Bühnebaus war meine Mutter, die sich über ein Jahrzehnt das antat, was andere gerade mal drei Wochen im Wohnwagen durchhielten: aus der Schlafstatt eine Sitzecke zu machen, aus der Bügeleine Bastelecke, aus dem Näh- einen Geburtstagstisch, aus dem Bett eine Eisenbahnunterlage und an Regentagen aus beiden Räumen eine einzige Spiellandschaft für verschiedene Altersniveaus, Geschlechter und Interessen.

Was wir sonst noch zum Basteln brauchten, kauften wir beim Eisenkrämer, »Krüner«. Neben losen Nägeln, Schrauben oder Holzleim konnte das eine kleine Zange sein, mit der meine große Schwester Silberdraht in Schmuck verwandeln wollte. Es gab nichts, was »Krüner« nicht hatte: Riegel für die Kellertür, Kohleschaufeln, Ambosse, Friedhofsharken, Wäscheleinen, emaillierte Abfalleimer und Schraubzwingen in allen Größen. Bis zur Decke zogen sich die Regalwände mit braunen Schubladen, nach welchen die Verkäufer in ihren braunen Kitteln unermüdlich griffen, um sie dann auf den Tresen zu stellen und um vier kleine Messingschrauben und zwei etwas größere in eine Papiertüte zu zählen, auf der sie dann einen gebrochenen Pfennigbetrag ausrechneten.

Durch den Umzug in eine größere Wohnung gleich um die Ecke kamen wir sogar 200 Meter dichter an »Krüner«. Mein Werkzeugkasten hing jetzt hinter der Tür in meinem eigenen Zimmer und ein nobler Halb-Profikasten im Büro meines Vaters, denn auch er mochte Werkzeug. Jedenfalls als

Möglichkeit. Unsere beiden Betriebe lagen Wand an Wand. Er hatte als Architekt häufig kirchliche Aufträge, »Himmel, Arsch und Zwirn!« hörte ich ihn ununterbrochen fluchen, mit den Türen schlagen und sonst wie Alarmstimmung um sich verbreiten. Arbeit als Fluch – das lernte ich von ihm im osmotischen Verfahren. Sein Werkzeug benutzte er nicht, er fühlte sich eher für geometrische und ästhetische Fragen zuständig, die handwerkliche Durchführung, etwa ein Bild aufzuhängen, überließ er (unter seinem Kommando) meiner Mutter. Sie bohrte die Löcher per Hand. Eine Bohrmaschine kam erst sehr viel später ins Haus, als meine Großeltern mir eine »Black & Decker« schenkten. Zu der Zeit hatte ich schon durch das Schulungspersonal bei »Krüner« gelernt, daß das Loch größer als der Dübel und der Dübel größer als die Schraube zu sein hatte und durch den Vater einer Schulfreundin, daß bei »vertikalem Zug… vertikalem Zug!« erstaunlich viel Regalgewicht an erstaunlich wenig Schraube hängen konnte.

Das Ambitionsniveau und Durchhaltevermögen lag bei meiner Schwester immer höher: Sie wässerte und handverlas mindestens 200 Meter Peddigrohr für einen Käfig mit hundertfach durchbohrten Leisten, in welchem später vier Prachtfinken soviel Spektakel machten wie mein Vater oder ich beim Bau so einer filigranen Konstruktion gemacht hätten. Die Vögel hatten leider die Angewohnheit, ihre Eier zu essen, sich gegenseitig die Köpfe kahl zu picken und sich auch sonst dem Gehäuse nicht würdig zu zeigen. Doch da saß meine Schwester längst an weiteren Projekten und überführte Franz Marcs Pferde von einem Postkartendruck auf ungebrannte Teller; wie immer, sehr beherrscht.

Meine Ungeduld hatte ich sicher weder von meiner Mutter noch von meinem Großvater. Die Mischung, die mich im Griff hielt, war fataler: Ungeduld, Unsicherheit plus eine Portion Verzagtheit.

Mein Großvater versuchte gleichermaßen ruhig wie erfolglos, mich in die Kunst des Lötens und in die der Intarsienarbeit einzuweisen. Das ging in seinem Bastelkeller in Bremen vor sich, wo im Schein einer nackten Glühbirne auf schwarz verschmiertem Zementboden eine uralte Werkbank stand. Das Prinzip der Intarsie ist die Auflösung eines Motivs in so viele winzige Bestandteile, daß einem die Fitzelchen entweder am Daumen kleben oder man sie schon vorher durch falsches Atmen von der Werkbank geblasen hat. Ich stand meist hinter meinem Großvater. Schließlich war ich nicht nur der weniger Kompetente, sondern empfand mich gar als komplett ungeeignet für diese Tätigkeit. So wie auch beim Löten, wo es mir selten gelang, den flüssigen Zinn auf die Werkstücke zu bekommen. Immer blieb er am heißen Kolben hängen. So erinnere ich mich dort – einen Schritt im Hintergrund – stets als latent geknickt. Schlimmer wurde es nur in den Momenten, wenn ich direkt an der Werkbank mein Unvermögen unter Beweis stellte. In diesen Vormittagsstunden im Keller übte ich mich in einer grundlegenden choreographischen Figur des Lehrlingsdaseins: Hinter jemandem stehen – und doch im Wege sein.

Es war also weder zwingend noch erwartbar, daß ich später einmal eine Zimmermannslehre machen würde, um das im Keller nie Gelernte zu vertiefen.

Zuvor aber versuchte ich, das zu studieren, was erstaunlich

vielen Kindern von Architekten als einzig mögliches Studienfach in den Sinn kommt: Architektur. (Zwei meiner drei Schwestern entschieden genauso). Dafür wiederum brauchte man auch einen handwerklichen Praktikumsnachweis. Drei Monate lang verrichtete ich in einer Tischlerei in Altona Hilfsarbeiten aller Art, vom Fegen bis zum Fahren. Es stand mir aber auch das Recht auf einen Art Klein-Gesellenstück zu, und ich entschied mich für einen Werkzeugkasten aus Vollholz. Mit handgeleimten und handgehobelten Brettern; mit handgesägten und handgestemmten Zinken, die genau, aber haargenau, ineinander paßten. Tagelang streichelte ich an der Hobelbank das Edle aus dem Material hervor, während hinter meinem Rücken die Maschinen lärmten und die Kollegen feixten. Man hatte den Verdacht, ich wollte Diamanten in dem Kasten einlagern. Das Schloß war aus Messing, der Lack x-fach aufgetragen, nur einen passenden Handgriff fanden wir in der Werkstatt nicht. Der Meister gab mir einen viel zu dünnen, silberfarben Möbelbeschlag. Er sieht gar nicht so schlecht aus, erfüllt aber nicht seine Funktion und schmerzt beim Tragen. Und das nun schon seit vielen, vielen, vielen Jahren. Oft, sehr oft, dachte ich daran, den Griff endlich auszutauschen. Wirklich oft. Jetzt gerade wieder.

Ritter des Konjunktivs

Mein Vater liebte Bücher und meine Mutter tat es ebenfalls. Sie haben das an ihre Kinder weitergeben können. Deshalb lernte ich auch früh, daß ein Buch eigentlich kein Gegenstand ist, sondern sehr viel mehr.

Im Zuge meines ersten Wegzugs aus Deutschland hatte ich nichtsdestotrotz den größten Teil meiner Bücher verkauft, weil ich eigentlich ein jahrelanges Reiseleben vor mir sah und zudem jeden Pfennig brauchen würde. Daß meine Auswanderungswelle sich am erstbesten Gestade im südlichen Dänemark brechen würde und ich dann lange näher an Hamburg wohnte als jeder Frankfurter oder Kölner, konnte ich nicht vorhersehen. Als Wiedergutmachung kaufte ich mir zwölf Jahre später beim Verlassen des Landes eine Gesamtausgabe der dänischen Literatur in 50 Bänden. Bis heute habe ich davon vielleicht ein halbes Dutzend leicht angelesen. Das beunruhigt mich nicht. Gerade ein ungelesenes Buch enthält ein Versprechen oder einen Zauber, den andere Gegenstände wie eine ungehörte Schallplatte, eine ungeöffnete Pralinenschachtel oder ein ungefahrenes Auto niemals besitzen können.

Buchhandlungen bilden einen weitgehend beschwerdefreien Raum. Bücher mögen manchmal verfemt sein oder Schriftsteller mit Tomaten beworfen werden. Buchhandlungen selbst sind selten Ziel von Auseinandersetzungen. Wenn das, was in Büchern geschieht, in der Buchhandlung selbst stattfinden würde, wäre sie ein Ort des Schreckens, gleichsam das literarische Inferno. Wenn hingegen das, was in einer Buchhandlung so vor sich hin passiert, in einem Roman spielte, würde das nicht sonderlich an den Nerven zerren. Buchrücken bis unter die Decke sind vielleicht gut für kleine Kennenlernszenen in einem französischen Film. Man stößt hier eher auf Harmonie, Hilfsbereitschaft, manchmal Hingabe, hin und wieder gar auf eine Spur Humor. Buchhandlungen bleiben von Witzen zwar weitgehend verschont (im Gegensatz zu Kirchen oder der Sauna), halten aber Scherze, Bonmots, Nonsens und härteren Humor in gedruckter Form vorrätig. Wie auch den trockenen Ernst, den Endreim und den aufrührerischen Essay. Alles quasi in ungezündetem Zustand. Ein friedliches Waffenlager.

Für mich war eine Buchhandlung anfangs vor allem ein angenehmer Arbeitsplatz: Als Schuljunge trug ich nicht nur Zeitungen aus, sondern fuhr auch für eine Buchhandlung in Hamburg-Altona Bücher aus. Sie wurden in einem Keller, der eine halbe Treppe unter dem Laden lag, von einem älteren Faktotum in dickes Packpapier gepackt, mit grobem Band verschnürt und mit der Anschrift des Kunden versehen. Ich verstaute sie in meinen blauen Fahrradtaschen und machte mich auf den Weg in die Elbvororte. Nicht jeden Tag, sondern dreimal die Woche. Dafür bekam ich dann 15 Mark. Der Buchhändler hatte mich von einem Laden für Bürobedarf abgeworben, der mir nur 1 Mark 27 die Stunde zahlte. Als ich dem Chef dort mitteilte, daß ich wechseln würde, kamen andere Zahlen auf den Tisch. Zu spät. Es war das erste Mal, daß ich ein Gefühl von Marktwert und eine Idee von Lohnpoker bekam.

Ich habe früh gewußt, daß zwischen Schreiben und Lesen

noch Verlage, Grossisten, Sortimenter – und natürlich Bücherboten! – stecken. In unserer Familie gab es Buchhändler sowohl in angestellter als auch in unternehmerischer Form. Am weitesten vom Leser entfernt war wohl die Schwester meiner Mutter, die etliche Jahre eine Buchhandlung in Hamburg-Harburg leitete. Sofern nicht gerade ein Lehrling ausgebildet wurde, war sie die erste und meist auch einzige Verkäuferin. Nach den launigen Schilderungen meiner Tante Gretel betraten nur Verrückte oder anderweitig Behinderte den Laden und fragten nach allem anderen als nach Büchern: nach dem Weg, nach der Uhrzeit, nach Umschlägen und Briefmarken. Zu der Zeit war Harburg nicht gerade als Stadtteil bekannt, in dem es von Geistesgrößen wimmelte und von einer Technischen Universität war auch noch nichts zu sehen. Dennoch konnte ich kaum glauben, daß ihre Kundschaft nur aus Irrläufern bestand oder aus im Prinzip Lesewilligen, die aber die gewünschte Titel bis zur Unkenntlichkeit falsch erinnerten. Aus Kennedys »Zivilcourage« wurde dann »Mut zur Garage«. Vermutlich hatte die sehr lachbereite Tante erkannt, daß der Verkauf von Büchern nicht so viel Erzählstoff abwarf, so schmückte sie alles etwas aus, damit es für mehr als eine halbe Tasse Kaffee reichte. Die ewige Junggesellin heiratete dann doch, wenngleich sehr spät, und blieb uns deshalb lange als Spähposten des Absurden erhalten.

Ihre jüngere Schwester, meine Mutter, heiratete früh – und leider den Falschen. In Buchhandlungen werden also durchaus Schicksale entschieden. Meines zum Beispiel: Das Beste, was eine namhafte Buchhandlung am Jungfernstieg in den Nachkriegsjahren in ihrem Sortiment hatte, war meine Mutter, damals ein Mädchen oder eine junge Frau Anfang zwanzig. Ich gehe davon aus, daß sie einen Mann durchaus entzücken konnte: Schwarze Haare, milde, braune Augen, ein lächelnder Mund; kein Rasseweib, das den männlichen Kunden alle Titel vergessen ließ, die er kaufen wollte, sondern eine hübsche und freundliche Erscheinung, von der man gerne mehr als einmal bedient werden wollte.

So muß es meinem Vater ergangen sein, der von Büchern mehr verstanden haben dürfte als von Frauen, der aber intuitiv ahnte, daß er diesem grundguten Mädchen einiges zumuten konnte. Sich zum Beispiel. Aus dem Kunden wurde ein Verehrer, dann ein Verlobter. Das blieb viele Jahre so, unnatürlich lange. Letztlich vertaten sie aber die Chance, nicht zu heiraten.

Mein Vater, der den schönen Seiten des Lebens zugeneigt war, besonders wenn er sie ohne Mühsal bekommen konnte, war damals sicher eine noble Erscheinung, der man den gelegentlichen Übersprung vom Wissenden zum Besserwisser gerne nachsah. Meine Mutter heiratete – nichts ahnend oder blind hoffend – die ersten Kapitel eines Romans, in dem sich später ein kleinbürgerlicher Bonvivant erst zum unsicheren Kandidaten und dann zum kleinkarierten Despoten entwickelte. Vom Verehrer zum Zerstörer.

So unerträglich er war, gäbe mein Vater ohne Zweifel die tragfähigere Rolle ab. Wenn ich ihm läßlichen Irrtum unterstellen wollte, dann den, daß er als Ritter und Könner des Konjunktivs sich möglicherweise einbildete, er heiratete Minna von Barnhelm oder Effi Briest (was ja auch nicht einfach gewesen wäre) gleich mit. Oder er glaubte, er wäre mitten in einer heiteren Erzählung von Kurt Tucholsky, ja, er wäre Tucholsky, und die Tantiemen von Rowohlt würden auf dem Fuße folgen. Er hatte jedenfalls irgendwie übersehen, daß selbst aus einer Buchhändlerin, wenn man sie mit Kindern beglückt und sie an den Herd wünscht, eine ganz normale Hausfrau und Mutter werden kann. Kurz vor seinem Tod hat er mir gestanden, daß sein Herz immer für Katherine Hepburn schlug. Wie nobel. Dabei reichte das, was er für unseren Unterhalt heranschaffen konnte, kaum für eine größere Wohnung und schon gar nicht für ein kleines Haus in der Prärie.

Meine Mutter hielt zu ihm, bis sie nicht mehr konnte. Nach der Scheidung – da war ich bereits aus dem Haus – ging sie nicht zurück ins Sortiment, sondern in ein Steuerberaterbüro. Mein Vater aber heiratete in zweiter Ehe nicht Katherine Hepburn, er machte nicht einmal den Versuch, er ging auch nicht nach Hollywood, sondern vereinsamte in seiner eigenen Heimat. Er lebte mehr übel als wohl sein Leben zu Ende, das man bekanntlich nicht, wie ein gutes Buch, einfach von Zeit zu Zeit aus der Hand legen kann.

Unscharfes Brennglas

Mein Vater bewahrte immer nur eine einzige Flasche Port-
wein in einem Bastkorb neben dem Schreibsekretär im
Wohnzimmer auf, als eine Art Pauschallösung, weil da »die
Sonne drin« sei. Er trank selten davon. Eigentlich nie. Das
tat stattdessen ich, peu à peu, in kleinen Schlucken über
viele Nachmittage verteilt. Nach meiner Meinung befand
sich außer der Sonne ein Gutteil Alkohol in der Flasche,
und an dem war mir gelegen. Damals ahnte ich noch nicht,
daß mich das Thema Alkohol jahrzehntelang in Form von
Alkohol begleiten würde. Und die dazugehörigen »letzten
Flaschen« und leeren Schwüre. Eigentlich bedaure ich, daß
ich die leere »Hausmarke« von Spar Blankenese nicht aufbewahrt habe, oder wenigstens den Korken. Aber seinerzeit
wußte ich nicht, daß es einmal eine meiner besten Erinnerungen an meinen dänischen Freund Morten sein würde.
Und nebenbei auch beinahe meine endgültig letzte Flasche.
Dabei waren es eigentlich ganz andere Erlebnisse, die uns
verbanden. Die Jahre im Kollektiv natürlich. Oder gemein-
same Freunde – und Freundinnen. Sicher auch dabei ge-
leerte Flaschen, aber zum gezielten Trinken müßten mir
ganz andere Namen zuerst einfallen: Knud. Kasper. Micha.
Ernst. Und vorher noch die, die mich mit voller Absicht
und zielstrebig in mein erstes Koma schickten: Bernd und
vor allem Heiner, ein Beamter, der sich selber in sehr jungen Jahren zu Tode trank.
Menschen, die ein abgeklärtes Verhältnis zu ihrem Gefühls-
haushalt haben, sorgen vor und kaufen sich die abgefüll-

ten Antworten auf emotionale Fragen Tage und Wochen vorher und können dann mühelos die richtige Flasche wählen. Wir anderen müssen erstmal und ständig zum Kaufmann. Es gibt selbstverständlich auch Menschen, die diesen Grenzbereich zwischen Lust und Laster überhaupt nicht kennen. Sie erinnern nur vage das Trink-Ritual und bei überraschendem Besuch durchsuchen sie alle Schränke und Kammern und tauchen schließlich mit einer verstaubten Flasche Eierlikör auf: »Ich weiß gar nicht mehr, wer mir die geschenkt hat…« Wirklich peinlich ist hingegen, wenn Wohnung samt Bewohner nach Fusel riechen – sich die Hausbar also offenbar im Hausherrn befindet –, während der beteuert, nie alkoholische Getränke vorrätig zu haben. Würde er doch wenigstens sagen: nie länger als ein paar Stunden.

Zwischen diesen Extremen spielt sich viel ab. Es gibt die, die immer und überall ein paar Biere wegknallen können, für die zu einem eingelegten Hering ein Schnaps gehört und zu einem Fest ein angemessener Rausch – ohne, daß sie das alles sonderlich anzustrengen scheint. So einer war Morten; und auch sein Vater: Hau weg, Kapelle, und möglichst mit vielen filterlosen Zigaretten untermalt. Solche Menschen müßte man lange observieren, um feststellen zu können, ob sie wirklich abhängig sind. Morten blieb gerne bis zuletzt, aber er ging in dem Augenblick, in dem der Vorletzte begann, sich zu erheben. Ich hingegen neigte dazu, erst zu gehen, wenn das allerletzte Bier getrunken und die Wahrscheinlichkeit, daß Kiosk und Tankstelle geschlossen hatten, sehr groß war. Ich wußte immer, wo man bei uns im dänischen Umland spät und an Feiertagen legal oder halblegal Bier kaufen konnte, und diese Art von Fachwissen ist genauso ein untrüglich schlechtes Zeichen wie die Unfähigkeit, jemals eine eigene Hausbar aufbauen zu können. Alkoholiker ist man spätestens dann, wenn man herausgefunden hat, daß einen am Boden einer Flasche keine Erleuchtung erwartet, sondern nur der Blick auf die nächste Flasche freigeschaltet wird, man die vergebliche Suche aber wider besseren Wissens beharrlich fortsetzt. Immer dichter am Alkohol als am schnöden Leben. Die Flasche mal als Brennglas, mal als Trennwand – aber stets in Reichweite.

Meinen kurzen Weg in den Alkohol hinein und den endlos langen, nie enden wollenden wieder hinaus habe ich einstmals so formuliert: »Früher trank ich, weil ich mich nicht mochte – jetzt mag ich mich nicht, weil ich trinke.« Bis zu einer solchen Erkenntnis kann man schon den Gegenwert eines Mittelklassewagens vertrunken haben. Manche fahren ihn sogar wider besseren Wissens.

Als ich Micha in Braunschweig kennen lernte, hatte er keinen Pfennig auf der Naht, aber investierte dennoch erhebliche Beträge in den Versuch, sich kaputt zu machen. Gleichzeitig wollte er Künstler werden und war schon gut auf dem Weg dazu. Er hatte neben seinem Zeichentalent eine Form des Getriebenseins, die genauso glaubhaft wie anstrengend war und eine Grundnervosität, die alle um ihn herum völlig fertig machen konnte. Micha war etwas älter als wir, er trank sozusagen auf dem zweiten Bildungsweg. Als er noch als Dekorateur in Celle arbeitete, mußte er jeden Abend aus seiner Stammkneipe in seinen verbeulten Ford 17M getragen werden, um überhaupt nach Hause zu kommen. Ich weiß nicht, wer ihn ein paar Dörfer weiter zu Bett trug oder ob er auf dem Armaturenbrett übernachtete. Er erklärte sich zum Kunstmaler, zog nach Bremen, hauste in einem Schrebergarten und wärmte den Zwei-Liter-Schraubverschluß-Roten über dem Herdfeuer, um das Preis-Leistungs-Verhältnis weiter zu optimieren. Er malte Bilder, die mehr aus dem Delirium schöpften als einem Kunstwerk zuträglich schien, die aber – wenn man den Rauschfaktor abzog – durchaus Rückschlüsse auf seine Fähigkeiten zuließen.

In Braunschweig trank er, wie viele, nur Bier. So wie ich. Wenn man wollte, gingen vom Wolters pro Abend ziemlich genau sieben Halbe rein, und wenn ich aus der Studentenpinte »Picture« raus ging, war ich trotzdem immer noch nüchtern genug, um meinen Motorroller stehen zu lassen und lieber ein Taxi zu nehmen oder mich von einer Frau solange nach Hause bringen zu lassen, bis wir bei ihr landeten.

Micha hatte grob geschätzt zwanzig Minuten am Tag, an denen er sich wie er selbst fühlte. Das war am frühen Nachmittag nach den ersten zwei Halben – dann erst hörte das Schwitzen auf und das Zittern ließ nach. Es war so klassisch wie der Witz, in dem der Arzt den Patienten fragt: »Trinken Sie viel?« – »Nein, nein, das meiste verschütte ich!« Jeder, auch Micha selber, konnte sehen, daß er sich entscheiden mußte. Und das tat er schließlich auch mit Schonungslosigkeit und zog es mit derselben Verbissenheit durch, mit der er über Tage und Wochen an einer hyperrealistischen Nähmaschine zeichnen konnte oder an einer goldgelben Makrele. Ich habe ihm dabei entscheidend geholfen. Angeblich.

Der Punkt ist: Ich kann das kaum erinnern. I walked him

dry. Sagt man. Für mich existiert es mehr als Legende und in sehr vagen Bildern von saukalten Nächten, in denen wir durch ein frostklirrendes Braunschweig taperten und taperten und redeten und redeten. Ich glaube kaum, daß ich während oder vor diesen Exerzitien auch nur einen Tropfen getrunken hätte, wenngleich das für eine Komödie natürlich ein genuiner Ansatz wäre: In Ermangelung des Gärtners wurde der Bock für einen therapeutischen Einsatz freigestellt, um – mit Wolters Pils in den Adern – den bekehrten Trinker in seinem löblichen Tun zu bestärken. Es muß irgendeinen anderen Grund für meine Gedächtnislücke geben. Möglicherweise verübelte ich mir, die gute Gelegenheit nicht beim selben Schopf ergriffen zu haben.

Micha kam mit dem Leben davon, aber der Zeitpunkt des Absprungs war so spät, daß er ziemlich krank aus der ganzen Sache heraus kam. Das war ein wenig ungerecht. Er wurde zum ekstatischen Kräutertee-Trinker, rollte weiterhin mit fickrig-fahrigen Fingern Zigaretten und hat – wie ich Jahrzehnte später hörte – einmal soviel im Lotto gewonnen, daß er ein Haus für sich und eines für seinen Bruder kaufen konnte. Das klang fair. Für mich war er nicht nur ein herzensguter und sehr interessanter Mensch, sondern auch der erste »trockene Alkoholiker«, der mir begegnet war.

Obwohl über Jahre und Jahrzehnte meine eigene Laborratte, vermag ich nicht zu sagen, ob ein ungutes Verhältnis zu Alkohol aus charakterlicher, genetischer oder pharmazeutischer Zwangsläufigkeit entsteht. Das eigentlich Verführerische besteht darin, daß Alkohol auch eine sehr lebensbejahende, neugierig-wache Komponente hat. Und daß er anfangs tatsächlich entspannt.

Ob Zecher, Trinker, Säufer oder Alkoholiker – wie immer man sich zu umschreiben beliebt –, man mutet seinem Körper einiges zu. Der Faktor Arbeit wird unterschätzt. Die permanente Abwehr toxischer Attacken fordert ihm viel ab. Und irgendwann ist man dann aufgebraucht.

Es tut einer Freundschaft keinen Abbruch, zu entdecken, daß einen nicht die Liebe zu Eloquenz und qualifiziertem Lachen, sondern der Hang zur Melancholie verbindet. Ich habe jahrelang mit einem meiner Freunde die grandiosesten Scherze entwickelt und auf allen Ebenen des Repertoires abgelacht, ohne je zu ahnen, wie schwarz es in ihm aussehen konnte. Menschen erkennen sich irgendwie, ohne unbedingt zu wissen, auf welchem der wenigen Muster die Sympathie fußt. Suchtler erkennen sich auch. Das war, glaube ich, die Basis des Umgangs mit Knud, einem gemeinsamen Bekannten von Morten und mir. Knud besaß einen scharfen Intellekt, eine noch schärfere Zunge und einen sehr hinfälligen Körper, denn er kämpfte seit Jahren mit einer fürchterlichen Krankheit, die ihn mehr und mehr verkrüppeln ließ und zu der eines am allerwenigsten paßte: Alkohol in rauhen Mengen. Er konnte solange trinken, daß Morten sich ins Bett verzog und Knud und mich der aufziehenden Morgendämmerung und letzten genialen Erkenntnissen über die Welt an sich überließ. Solche Sternstunden der benetzten Wahrheiten fanden ein paar Mal im Jahr statt, wenn Maler und Graphiker Knud bei uns im Kollektiv zu Besuch war. Im Prinzip verurteilte Morten Trinker, weil er deren kontraproduktiven Ansatz der Problembewältigung mißbilligte. Er verurteilte aber nicht den Menschen

74

und hielt Knud die Treue, auch als der es immer schlimmer und exzessiver trieb. Bis Knud eines frühen Morgens unter unklaren Umständen in einen Zug fuhr und tot war.

Morten und ich waren völlig verschieden. Auch äußerlich hatten wir keine ins Auge fallenden Gemeinsamkeiten. Aber wir mochten uns. Wir waren wahrlich nicht immer einer Meinung, wir stritten, wir konkurrierten, wir verurteilten Handlungsweisen des anderen aufs schärfste, dennoch hat es nie zum Duell gereicht.

Solange wir zusammen wohnten, saß Morten am längeren Hebel. Nicht nur weil es »sein« Kollektiv war, sondern auch weil ein Leben zusammen mit anderen seinen Wünschen entsprach. Er atmete sozial. Mir nahm das eher die Luft. Ich war eben einfach auch gerne allein. Oder zusammen mit meiner dänischen Lebensgefährtin, der Liebe meines Lebens. Da ich sie nicht aus der Gemeinschaft raus zu nörgeln vermochte, blieb ich, solange unsere Beziehung bestand.

Mortens zweite Frau war meine erste dänische Freundin, auch auf diesem Gebiet war der Kenntnisstand also – den Zeiten gemäß – betörend hoch, aber das war nie ein Thema. Ich achtete nur mit einem Auge darauf, daß es bei der Regelung blieb, daß er – in diesem Punkt – nach mir kam. Ob das immer glückte, weiß ich allerdings nicht.

Morten hatte ein großes Talent, Sachen anzuzetteln, und obwohl ein Kollektiv ein mindestens so träger Apparat wie eine Behörde ist, wurden viele seiner Ideen und Einfälle nach und nach umgesetzt – wenn sie denn endlich einmal beschlossen waren. Das Warten auf den Letzten verschlingt in solchen Projekten genauso Lebenszeit wie die demokratische Überzeugungsarbeit unter den Begriffsstutzigsten. Vielleicht war es das, was uns verband: daß wir das Spiel durchschauten. Nur spielte er es mit Leidenschaft und hohem Eigeninteresse, während ich oft lustlos und ablehnend agierte. Häufig taugte ich nicht einmal zum Oppositionspolitiker, sondern fühlte mich als Dissident in allen Lagern. »Hofnarr, trauriger« wäre vielleicht die rechte Stellungsbeschreibung für mich auf dem großen, reetgedeckten Bauernhof gewesen.

Doch wir haben von Anfang an viel zusammen gelacht. Morten verstand alles, was ich von mir gab, auch als es noch englisch-dänisches Kauderwelsch war. Und in dem Punkt machte er sich auch nicht die Mühe, auf andere zu warten. Angenehm unernst und angenehm eitel zu Zeiten und in Kreisen, in denen man glaubte, den unaufhaltbaren Sieg des Sozialismus durch einen engagierten Gesichtausdruck beschleunigen zu können. Und durch Kleidung, die zur Gesinnung paßte.

Es wurden großartige Feste gefeiert, bei denen Morten seinen Hang, die Kerze an beiden Enden abzubrennen – live fast, die young – mit Begeisterung unter Beweis stellte: Er kannte unter anderem einen Tanz, mit dem man sich wunderbar die Kniescheiben ruinieren konnte, indem man sich aus dem Stand auf diese fallen ließ. Dazu trug er später gerne einen Hut, um sicher zu gehen, daß er mit seinem 190 Zentimetern nicht übersehen wurde. In dieser Rolle als sympathischer Kindskopf gefiel er mir am besten.

Seine Eltern kamen anläßlich solcher Feste gerne zu Besuch, und anfangs schien es mir wie ein Traum, einen so unkomplizierten Umgang mit seinem Erzeuger zu haben.

Sie waren keineswegs in allem einer Meinung, aber der Architekt und Akademieprofessor war ohne Frage dem linken Lager zuzuordnen. Seine patriarchalischen Allüren gestand ich ihm anfangs zu, später störten sie mich, am Ende gingen sie mir schwer auf die Nerven. Immerhin knauserte er nicht mit Tuborg und Aquavit und der sowieso exzellente gastronomische Standard des Kollektivs legte in solchen Tagen noch ein paar Kochmützen zu. Bis mir irgendwann deutlich wurde, daß ein Aufwachsen im Schatten einer im ganzen kleinen Königreich bekannten roten und raumgreifenden Vaterfigur genauso anstrengend sein kann wie der Krieg, aus dem ich kam. Verglichen mit Mortens Vater war meiner ein Schluck Wasser.

Morten schilderte mir später das pompöse Schlußbild, das sich sein Vater noch genehmigte: Als der Gottesdienst in der bis zum letzten Platz gefüllten Kirche vorbei war und der Sarg von den vier Söhnen durch die Tür getragen wurde, brach ein derartiger Platzregen aus den Wolken, daß sie die Kiste eigentlich mehr über ihren Köpfen trugen. Während alle anderen patschnaß durch die Pfützen hinterher hechelten. In dem Augenblick aber, in dem Verstorbene in die Grube gesenkt wurde, hörte der Regen mit einem Schlag auf und ein einziger Sonnenstrahl schoß aus den Wolken – direkt ins offene Grab. Als ob der Alte noch mal sagen wollte: »Bitte, Freunde, sooo macht man das!«

Aber vor allem war Morten eine treue Seele. Man konnte sich wirklich auf ihn verlassen, und nachdem wir nicht mehr den Tisch miteinander teilten, kam er auch gut damit zurecht, daß von mir nicht immer das Gleiche erwartet werden konnte.

Wir blieben eigentlich immer in Verbindung. Jeden Weihnachten gab es eine Karte, zu meinem Geburtstag, den ich selten feierte, rief er stets an. Er hatte eine Woche nach mir Geburtstag, feierte regelmäßig und häufig sahen wir uns dann. Außerdem half ich ihm manchmal in Hamburg während der Boots-Messe, wo er seine »Seekisten« zu vertreiben suchte. In Seekisten verwahrten die Seeleute auf Segelschiffen ihr persönliches Hab und Gut. Der hölzerne Koffer des Matrosen; groß genug für den Zweck, klein genug, um sie noch zu schultern. Er hatte sich aus für mich völlig schleierhaften Gründen für ein Produkt entschieden, das an Überflüssigkeit kaum zu übertreffen war – wogegen wenig einzuwenden gewesen wäre, wenn es sich denn verkaufte. Morten erlebte mit seiner Seekiste eigentlich nur Schiffbruch. Ihm waren das soziale Aktionsfeld und die Experimentierbedingungen abhanden gekommen. Statt anzuzetteln, verzettelte er sich. Eigentlich hätte er einen Unternehmensberater gebraucht, der ihm die Idiotie des Vorhabens mit schonungsloser Härte klar gemacht, ihm einen Rückzugsweg mit geringstmöglichem Gesichts- und anderen Verlusten aufgezeigt hätte – und auf den er gehört hätte. Vor allem letzteres. Stattdessen raste er nach Polen zu seinen Coproduzenten, zu Traditionsseglertreffen und auf Messen in ganz Europa und wieder nach Hause in die Werkstatt. Nicht nur sein Lieferwagen hatte einen erheblich erhöhten Spritverbrauch.

Etwa zu der Zeit verdiente ich mein Geld im Schlaf. Nicht viel, aber genug. Auf den ersten Blick schien das Angebot genau auf mich zugeschnitten zu sein: Ein latent Nichtseßhafter bekommt für seine Anwesenheit in einem Haus in erster Lage monatlich soviel Liegegebühr ausgezahlt, wie er für ein kleine Wohnung in ähnlicher Lage an Miete zu zahlen hätte. Von dem so erwirtschafteten Betrag würde er sich mit fester Nahrung versorgen können und die reichlich vorhandene Zeit zum Schreiben und Zeichnen verwenden. Dürfen. Wollen. So war es die ersten Wochen. Zudem hatte ich durch die Lage der Villa und den klangvollen Namen des Besitzers recht häufig Besuch, eigentlich mehr als sonst. Ich empfand es dennoch als weniger. Ich saß abends auf der Veranda und wurde neidisch auf jedes Haus zu meinen Füßen, in dem das Licht anging und sich eine Familie zum Abendbrot setzte. Ich guckte mir die Augen wund an dem Blick auf die Elbe. Das Schreiben ging mir stockender und stockender von der Hand, obwohl ich den leichten Arbeitssekt eingeführt hatte. Es stellte sich heraus, daß der Weg zur Tankstelle zu weit, daß also das Prinzip der Versorgung mit Flaschen in kleinen Dosen nicht so recht durchführbar war, daß aber »Spar« in Blankenese Waren ab fünfzig DM kostenlos ins Haus lieferte. In meinem Falle setzte sich der Betrag aus einer Kiste Bier und zwei Kartons Sekt der Marke »Hausmarke« zusammen, eventuell aufgefüllt mit etwas Sprudel.

Mittwochs war Federball. Dann spielten wir flotte Matche mit mehrfach gemischten Mannschaften aus Freunden, Bekannten und mir völlig unbekannten Freunden von Bekannten. Dazu gab es Sekt.

Da man sich ansonsten über meine Art der Vorratshaltung keiner Illusion hingab, brachten einige Gäste gleich einen Picknickkorb mit. Ich war nicht immer auf Besuch vorbereitet und fühlte mich manchmal sogar in meinem

79

schmerzhaften Brüten über die Einsamkeit in derselben ge-
stört. Vielleicht war ich dabei, verrückt zu werden. Ich entwickelte mich jedenfalls unter dieser selbst verhängten oder
eingebrockten Ausgangssperre entschieden zurück.

Alleine trinken kannte ich hinlänglich, ich mochte es sogar
gern – sich in die Einsamkeit zu trinken, kannte ich jedoch
nicht. Für letzteres herrschten ideale Bedingungen. Ich er-
fuhr – was ich im Grunde schon wußte, nämlich wie hart
es ist, gegen sich zu trinken. Wenn der Geschmack oder das
Aussehen der Flasche oder die Form des Glases überhaupt
keine Rolle mehr spielen.

In einer meiner schlimmsten Brütphasen, in der ich vermutlich schon früh am Tage vom schalen Sekt gekostet
hatte, rief Morten an. Er war mal wieder auf einer seiner
hektischen Durchreisen in seinem Ford Transit. Als auf-
merksamer Gastgeber machte ich mich umgehend mit dem
Rad auf den Weg, um eine Zwischenration an Bier und
Sekt zu besorgen.

Mit den prall gefüllten Einkaufstüten fuhr ich den steil
abfallenden Hohlweg auf die Villa zu, verlor die Kontrolle über mein Dienstfahrzeug und landete im Zaun eines
Nachbarn. Ein ziemlicher Aufprall, aber ein glimpflicher
Verlauf. Auch für die Glasflaschen. Ich stellte die Getränke in der Kellerküche meines goldenen Käfigs kalt, zog
meinen blauen Seidenhausmantel (mit 100% Kunststoff)
von Tchibo über und wartete. Da Morten nicht kam, ging
ich wieder in den Keller, um für mich einen Sekt aufzumachen. Kaum hatte ich am Stanniol gezupft, als die Flasche mit ohrenbetäubendem Knall in die Luft ging und so
haarscharf an meinem Kopf vorbeischoß, daß ich dachte,

mein letztes Stündlein wäre gekommen. Wie ein Silvester-
feuerwerk verknallte und versprühte sie ihren ganzen Inhalt
in der Küche, bevor sie irgendwo im Nebenverlies an den
Wandkacheln ihren Geist aushauchte. Ich stand nicht nur
unter Schock, sondern auch unter Sekt und hätte fast die
Türklingel überhört.

Als ich die Kupfer beschlagene Eingangstür in der Efeu be-
wachsenen Vorderpartie der Villa öffnete, klebte mir der
pitschnasse Polyester an Hemd und Hose, sektgetränkte
Haarsträhnen hingen mir im Gesicht. Den Anblick allein
fand Morten schon komisch. Aber als er dann auch noch
hörte und roch, welch tragischem Tod ich gerade entronnen
war, konnte er nicht mehr. So hatte ich ihn trotz alledem
selten lachen sehen. Es gab auch allen Grund dazu. Im Dänischen heißt das eingefrorene Bild, die Quintessenz einer
Person oder die Situation, die ihn im Kern beschreibt »Det
er ham i en nøddeskal« – er in einer Nußschale. Nach
seiner Meinung war ich genauso: Wohnt umsonst in einem
der teuersten Häuser Hamburgs, kriegt dafür einen fürstli-
chen Lohn, aber nun ist trotzdem schon wieder etwas, was
nicht so läuft, wie es laufen sollte. Der dänische Humor
bespeist sich zwar zu 120% aus Schadenfreude, dennoch
sah er das nicht falsch. Es war ziemlich komisch, auch als
neuer Serviervorschlag: Der Hausherr trägt die Hausbar am
Körper.

Wir mußten längere Zeit suchen, bis wir das Geschoß hinter einer ausgehängten Tür fanden. Es hätte meine letzte,
meine allerletzte Flasche sein können. Morten bekam ein
Bier – oder eher drei – auf der Terasse, dann mußte er
weiterfahren.

Ich wechselte während der folgenden Jahre noch ein paar-mal meine Adresse in Hamburg. Wenn im Herbst die Bootsmesse war, rief mich Morton mehrmals abends aus irgendeinem Restaurant an, die Holländer seien auch da, ob ich nicht Lust auf Sauerkraut hätte. Einmal traf ich ihn völlig überraschend spät nachts in der Innenstadt. Wir hat-ten beide eine Frau am Arm, mit der wir nicht verheiratet waren. Er schwankte.

Ich wollte ihn immer einmal auf einer seiner Reisen nach Polen zu seinen tischlernden Subunternehmern begleiten, wenngleich mir schon bei der Vorstellung, was man dort alles an gut gemeinter Gastfreundschaft in sich hinein-schütten müßte – und würde –, schlecht wurde. Viel zu viel verschob ich auf irgendwann. Bis es zu spät war.

Andere mögen das besser wissen, aber für mich war das so: An einem Tag, an dem er frühmorgens von zu Hause losgefahren war, nachdem er kaum geschlafen hatte, weil in der Nacht entschieden wurde, ob Dänemark der euro-päischen Währungsgemeinschaft beitritt oder nicht; nach einem Termin im Norden Jütlands, nach dem Besuch auf einer Intensivstation ein paar hundert Kilometer weiter, wo ein Freund von ihm lag; nach zwei Konkursen und zahl-reichen Niederlagen; nach Tausenden von Zigaretten und viel zu vielen Dosen Bier; mit einem Körper, der nach au-ßen immer stärker schien als er in Wirklichkeit war; nach der Entwurzelung aus dem Kollektiv-Traum von alle für einen und einer für alle; nach einem Leben, in dem er sich am Ende nicht wieder zu seiner vollen Größe aufrichten konnte; mit viel zu viel Sorgen im Kopf und dem Handy in der Hand, starb er auf der Matratze im Laderaum seines

Lieferwagens, wenige Minuten nachdem er eine Ausfahrt zu einem Rastplatz genommen hatte, um nicht am Steuer zusammenzubrechen.

Die beiden brennenden Enden der Kerze hatten sich berührt. Er starb an Herzversagen. Mit 55.

Auf einmal wird Wirklichkeit und Gefühl, was sonst nur als gestanzter Text in Trauerannoncen wahrgenommen wird: »Für alle plötzlich und unerwartet starb... unser geliebter Mann, Vater und Großvater.« Die Sprachlosigkeit in einer solchen Situation ist enorm und das Entsetzen unendlich. Erst bei der Trauerfeier auf dem Hof konnten es einige dann, in guter Absicht, aber schlechter Rhetorik in Richtung eines Sinnes wandeln: »Du wolltest immer der Erste sein...« Das war genauso unbeholfen wie mein Klopfen auf den Sarg, als er in den Leichenwagen geschoben wurde. Neben mir weinten seine Kinder, die ich über fünf, sechs Jahre mit großgezogen hatte.

Was sollte man tun? Ich zündete mir eine Zigarette an. Und dann ergab ich mich dem Trunk, obwohl ich zu der Zeit weder rauchte noch trank. In dem Arbeitsraum zwischen der Werkstatt und der Halle und auf Bänken davor stellten wir gewissermaßen ein Fest aus alten Tagen nach: Sein verspielter Bruder spielte auf der Gitarre; ich verwirrte meine verflossene Lebens-Liebe mit zerstreuten Äußerungen; ich bewunderte die ausgesprochene Attraktivität unseres weiblichen Nachwuchses; ich nahm die frisch gebackene Witwe in den Arm und die kurze Liaison Lissi auf den Schoß, wir tanzten nicht; ich trank – ganz für mich, zusammen mit den anderen – auf Morten, der mir die bisher deutlichste Meldung über die Endlichkeit der Endlichkeit hatte zukommen lassen.

Er wollte kein Begräbnis mit Orgelmusik und Sonnenstrahl. Seit seiner zweiten Heirat trug er nicht einmal mehr den Nachnamen seines Vaters, sondern den seiner Frau. Er bekam in aller Stille ein Grab auf einem Friedhof in Svendborg neben den Schwiegereltern.

Monate später ging ich dort suchend zwischen den Gräbern, konnte seine letzte Ruhestätte aber nicht finden. Es war sehr kalt und windig und ganz gegen meine Gewohnheit trug ich einen Hut. Eine Böe griff unter die breite Krempe und trug ihn zwanzig oder dreißig Meter mit sich. Ich war mir sicher, daß er genau dort landen würde, wo Morten lag. Aber da war nur der Hut.

Bei meinem nächsten Geburtstag klingelte das Telefon, ungefähr als ich gerade dachte: Um diese Zeit hätte Morten angerufen. Es war seine Frau – die Witwe –, die mir gratulieren wollte, weil Morten das immer getan hätte. Das war eine Spur kitschig, aber auch sehr lieb. Ich hatte einen Kloß im Hals. Nach diesem kurzen Gespräch wäre eigentlich ein doppelter Whiskey das Naheliegenste gewesen. Da ich zu der Zeit wieder einmal nichts trank, habe ich das Nächst-Naheliegende gemacht: Ich habe geweint.

Dennoch dauerte es weitere zehn Jahre, bis ich selber für immer aufhörte.

Geliehenes Lebensgefühl

Materiell gesehen komme ich aus sehr kleinen Verhältnissen. Unsere damals fünfköpfige Familie hatte kein Auto, keinen Fernseher und das Wort Urlaub kannten wir nur aus den Erzählungen meiner Tante. Aber mein Vater war rhetorisch begabt und so hat er das Leben in unserer alten Zweizimmer-Dachgeschoßwohnung ohne Balkon am Rand der Armutsgrenze jederzeit weitschweifig begründen können.

In unserer Straße gab es nur zwei Cabrios. Als Spielzeugautos. Beide gehörten meinem Spielkameraden Klaus-Dieter von gegenüber. Sein Vater war Chefkoch in der Kantine von Valvo-Röhren. Sie fuhren einen nagelneuen Ford 12 M mit Weißwandreifen.

Klaus-Dieter war von der anderen Straßenseite und gehörte schon deshalb nicht zur Kinderbande unseres Blocks. Außerdem bekam er leicht Mittelohrentzündung und trug Therapie halber häufig eine weiße Pudelmütze. Lauter Umstände, die es ihm erschwerten, jemanden zum Spielen zu finden. Bis auf mich: Denn Klaus-Dieter hatte diese beiden Blech-Cabrios mit roten Blech-Ledersitzen und richtiger Lenkung. Ich durfte mit seinem grünen Jaguar-Roadster fahren. »Aber nur geliehen!« betonte er immer. So etwas prägt: Bis heute sind Cabrio und Leihwagen für mich identische Begriffe.

Ein offener Wagen war für mich immer ein Beziehungsfahrzeug. Mit zurückgeklapptem Verdeck sauste ich mit einer verheirateten Prinzessin über vereiste Alpenpässe; meine unverheiratete Tante ließ sich von ihrem amerikanischen Freund in einem enormen Cadillac-Convertible durch den sonnenwarmen Schwarzwald kutschieren und meine ältere Schwester wurde von ihrem ersten oder dritten Verehrer in einem VW-Kabrio abgeholt, damals, als man das Volkskabrio noch mit K schrieb. Zu den lästigen Pflichten eines Galans gehörte es, den bescheuerten kleinen Bruder einmal kurz, also höchstens ein paar hundert Meter, mitfahren zu lassen. Bestandteil meiner Vorpubertätserinnerungen ist dann auch die lange Schürfwunde auf dem Rücken, weil ich vorbildgetreu versuchte, mit einer seitlichen Flanke über die geschlossene Tür auf dem Sitzplatz zu landen.

Beim Volkswagen Kabrio war der Name Programm, hier durfte jeder mit jedem, er war für alle Sozialgruppen offen, auch in der Kombination arm/reich oder wohlhabend/wenig habend. So lud der kurzzeitige Büropartner meines Vaters diesen einmal in sein schickes Kabrio und kurvte mit ihm ein paar Tage durch Dänemark. Abends hielten sie vor strohgedeckten Herbergen und schlugen sich die Mägen voll. In den ausufernden Schilderungen meines nicht gerade urlaubsverwöhnten Vaters geriet dieser kleine Ausflug zu einem Jahrhundertereignis, von dem ich einen Eindruck für immer behalten habe: Langsam! Mit einem offenen Wagen muß man auf kurvigen, sonnenbeschienenen Teerstrassen langsam durch die Landschaft gleiten.

Meine Tante ließ den klassenschrankenlosen Käfer weit hinter sich und spielte alljährlich gekonnt Grace Kelly im Convertible ihres stinkreichen, amerikanischen Freundes, der für die vier, fünf Wochen seinen offenen, weißen US-Schlitten mit der roten Sitzgarnitur und der eingebauten

Sonne extra einschiffen ließ. Romantische Weinstraße, Schwarzwaldhochstrasse, Riviera, Côte d'Azur, beste und allerbeste Hotels. Ihr Händchen für Fragen des Luxus bewies die hübsche Tante nicht zuletzt, indem sie alle Heiratsangebote des Millionärs ausschlug, weil er nicht die Geduld hatte, morgens bei der Abfahrt noch die 20 oder 30 oder 60 Minuten zu warten, die sie brauchte, um ihr Isadora-Duncanartiges Chiffon-Kopftuch anzulegen.

Aber was bietet man einer wunderschönen Prinzessin? Einer waschechten, wie wir aus den kleinen Verhältnissen unter den Dächern von Altona sagen würden. Leihbaren Luxus natürlich, alles, was die Kreditkarte zuläßt. Ein Cabrio mußte es schon sein für die spätherbstliche Fahrt vom heimlichen Treffpunkt (Airport München, 400 Augenzeugen pro Minute) über die kalten Alpen Richtung Süden bis zu einem der großen Seen, an dessen Ufern von avalonscher Nebligkeit wir dann lange Szenen zum Thema Unmöglichkeit einer Beziehung spielten. Alles zwischen Fontane und Fonda, zwischen Himmel und Hollywood und dazu ein Schuß Ingmar Bergman. Hochdramatisch und Tränen erweichend. Wir kamen nie weiter in den Süden. Es wurde unsere letzte Reise.

Aber ich habe viel von meiner Prinzessin gelernt: Nicht nur, wie verschiedene Veteranenroadster heißen, sondern auch, wie beherzt man einen Hummer angehen darf und welch garstige Reklamationen in der gehobenen Gastronomie wie versteckte Komplimente entgegengenommen werden. Sogar von ihrem Gemahl habe ich gelernt: Ich begriff, welche Kraft hinter dem Begriff »Contenance« steht. Wahrlich aristokratische Geduld. Er gewann, ich verlor. Es liegt Jahre zurück und ich habe darüber selbstverständlich nie etwas verlauten lassen. Eine Frage der Ehre. Bei der Fahrt über die kalten Gletscherstraßen lernte ich außerdem etwas, das ich – immerhin schon gut im Mannesalter – nie gewußt hatte: Wenn man im Winter offen fahren will und dabei aussehen möchte als sei es Frühling, dann dreht man einfach Heizung und Gebläse volles Rohr auf.

Spätelterliche Erziehung

Die Größe eines Karton sagt nichts darüber aus, wie behende man in ihm aufräumt. Ein Bündel alter Rechnungen, eine Postkarte, eine Mahnung der Wäscherei »Frauenlob«, eine schwarze Kassette und ein halbes Dutzend Taschenkalender. Mehr nicht. Und doch viel zuviel. Auf der Karte steht: »Ich bewundere Dich restlos. Deine kleine Schwester.«

Am schlimmsten ist die Unordnung im Kopf. Und am schmerzhaftesten die im Herzen. Man sitzt sich selber auf der Seele.

Gott hat den Tod erfunden, damit die ganze Räumerei einmal ein Ende hat: Das letzte Hemd hat keine Taschen und im Sarg gibt es keine Ablagekörbe. Ich kann mir nicht vorstellen, daß mein Vater seinen Taschenkalender auch noch auf dem Friedhof weiterführt. Di: Sparkasse, Mi.: Miete/HEW, Do.: Reinig., Fr.: Himmelfahrt.

Ich hoffe vielmehr, daß er sich dort dem hingibt, was ihm immer am nächsten lag: Die Natur zu spüren und vor sich hin zu träumen.

Gott hat den Tod erfunden, damit das Streben im Leben zu einem Ausgleich kommt: Die Erfolgreichen sollen nicht noch erfolgreicher werden und den ewig Gebeutelten wird endlich ihre schwere Last abgenommen. Sie sollen dort liegen und denken: Unglaublich, hat mich jemals eine Strom-Mahnung an den Rand der Verzweiflung getrieben? Habe ich jemals Zeit damit vergeudet, alte Rechnungen zu begleichen oder Energie damit verschwendet, mich selbst im rechten Licht erscheinen zu lassen? Bin ich vor lauter Alltag überhaupt zum Leben gekommen?

Oder – was mich betrifft – vor lauter Schreibtisch? Schreiben ist der denkbar umständlichste Weg, um zum Leben zu kommen, denn man wendet ihm dabei den Rücken zu. Manchmal vergehen Jahre zwischen zwei wirklich guten Sätzen. Und dann vergehen weitere Jahre, um herauszufinden, daß es den Kontext, in den sie passen könnten, nicht gibt, nicht gab und wohl auch nie geben wird – so schön die Worte auch klingen: »Ich war traurig, als mein Vater nicht starb.«

Auch Sätze, die man einmal von anderen gehört hat, brauchen manchmal eine erstaunlich lange Zeit für den kurzen Weg vom Ohr in den Kopf. Oder bis ins Herz.

Ich war traurig, als mein Vater nicht starb. Damals hauste ich zwischen etlichen unausgepackten Kartons, raffiniert verwobenen Kleiderhaufen und einer Schnellablage, die sich auf einer Holztreppe durch zwei Stockwerke wendelte über einem Wurstladen in einer geschäftigen Geschäftsstraße in Hamburg. Wenn ich nachts, in diese vordergründig originelle Heimstatt zurückkehrend, die Ladentür aufschloß, machte die Glocke ping-ping und mir schlug der Geruch halbschlafender Mettwürste, kalten Bratens und überalter Fleischwaren aus der schwach beleuchteten Kühltheke entgegen. Das Klo teilte ich mit der Ladenbesitzerin, die dankenswerterweise nur tagsüber ihre Räume mit Kochgerüchen, Geräuschen und Gerede erfüllte. Es befand sich zwischen Vorderladen und Hinterküche zu Füßen der Treppe. Daneben, an der Wand, hing ihr fettiges Telefon, über das man auch mich erreichen konnte, nachdem man die Vermittlungsprozedur der neugierigen Delikateuse überstanden hatte.

Dort erhielt ich den alarmierenden Anruf meiner Mutter: Mein Vater sei nach einem Sturz in seiner Wohnung ins Krankenhaus eingeliefert worden, es stünde schlecht um ihn, weil er mehrere Tage mit gebrochener Hüfte neben seinem Bett auf dem Boden gelegen habe.

Zwar hatte ich die Beziehung zu meinem Vater schon mehr als ein Jahrzehnt zuvor mehrfach auf Eis gelegt, während meine Schwestern immer wieder versuchten, mit mehr oder weniger Erfolg eine Verbindung zu halten, aber ich war als einziger vor Ort und verfügbar. Ohne viel Nachdenken fand ich mich, meiner Mutter zuliebe, in die Mission.

Minuten später war ich bereits unterwegs zur nahen Universitätsklinik. Ich fragte mich durch Gelände, Gebäude, Gänge und Abteilungen, fand schließlich das Krankenzimmer, aber nur mit Mühe das richtige Bett, denn das bißchen Mensch, das da im hellgrünen Hemdchen am Tropf hing, erkannte ich fast nicht. Nur noch Haut und Knochen und mit einem Bart wie ein Schiffbrüchiger. Er erkannte mich sehr wohl.

Weitere drei Minuten später hatten wir den ruhigsten und einvernehmlichsten Augenblick unseres gemeinsamen Lebens: Mein Vater hielt meine Hand und nahm Abschied. Er verstieg sich sogar zu der Behauptung, daß es ein gutes Leben gewesen sei, und fand sein Alter von 75 Jahren einen vertretbaren Zeitpunkt zu scheiden. Ich störte ihn nicht mit gegenteiligen Behauptungen. Seine offenbare und ehrliche Dankbarkeit übertrug sich auf mich und ich dachte: Wenn das hier, nach allem, was gewesen ist, doch noch möglich ist, dann ist es gut so. Amen. Das Amen dachte ich allerdings nicht mit, sondern fühlte es nur vage.

Ungeachtet der selbstverabreichten Letzten Ölung, wünschte mein Vater einige Dinge aus seiner Wohnung; seine Uhr, das leere Portemonnaie und ein paar Taschentücher, denn seine Evakuierung hatte in einer gewissen Hast stattgefunden. Erst fast zu spät, aber dann doch so überstürzt. Natürlich versprach ich, mich darum zu kümmern.

Ich besorgte mir die Wohnungsschlüssel, die ich überhaupt nicht brauchte, weil die Rettungsmannschaft die Tür aufgebrochen hatte. Von allen Gerüchen, die mir entgegenschlugen, war der Staubgeruch am eindringlichsten. Fassungslos stöberte ich in den Zeitungs-, Brief- und Papierstapeln, die sich überall, wo sich nur ein Minimum an Abstellfläche fand, auftürmten. Die nie geputzte Nirosta-Spüle in der Küche starrte in stumpfem Dunkelbraun. Im Badezimmer dämpften Wollmäuse den Tritt auf den Fliesen. Sein Bett, das abgesägte obere unserer einstigen Doppelstockbetten, verbarg sich hinter haushohen Türmen aus Bauzeitschriften, Kartons, Schachteln und Packpapier. Und überall waren Tüten. Der graumelierte, zerschlissene Teppich, auf dem er gestürzt war, hatte einmal in unserer Stube gelegen. Auf ihm hatten wir Kinder zu Marschmusik Paraden abgehalten, auf ihm hatte ich jämmerlich Geige geübt und meine Schwester gekonnt Cello, auf ihm hatten zu Weihnachten die Gaben gelegen und der Tannenbaum gestanden. Er roch wie die ganze Wohnung. Trotz oder wegen seiner lebenslangen Angst vor Bakterien, Gärungen und Schmutz jeder Art hatte sich die Küche des offensichtlich staubtauben Rentners in ein Biotop nie entsorgter Teebeutel, überfälliger Konserven und verdorbener Lebensmitteln verwandelt. Die Eier im Kühlschrank bestanden nur noch aus ihrer Schale.

Da mein Vater – entgegen anderslautender Verabredung – nicht starb, schlüpfte ich in die Rolle des Altruisten. Ich pendelte zwischen seiner Wohnung, meiner Bleibe, dem Krankenhaus und der Notrufzentrale Mutter. Sie – seit immerhin zwanzig Jahren glücklich von diesem Mann geschieden – wusch sich durch Säcke von Dreckwäsche. Ich arbeitete mich durch endlose Stapel unerledigter Post, kündigte nie bezahlte Abos, hielt das Finanzamt hin, verhandelte so lange mit Gläubigern, bis sie sich erweichen ließen. Von der Wäscherei über den Elektriker bis zu Fachärzten. Ich rekonstruierte und regenerierte seine Finanzlage, indem ich mit der Bank einen hoffnungslosen Abwärtstrend in eine vorsichtige Aufwärtsbewegung uminterpretierte. Dabei fielen selbst mir Betriebsblindem und Formularphobem zwei monatlich wiederkehrende identische Zahlen ins Auge: Er bezog seine karge Rente doppelt. Unter derselben Laufnummer, lediglich der Endbuchstabe war anders. Selbst mir latent Gesetzeslosem sträubten sich die Nackenhaare. Wohl oder übel (und nach einer guten Weile) ließen wir die zuständigen Stellen ihren offenbaren Fehler korrigieren. Von privaten Verhören sahen wir ab.

Der Patient überstand die Hüftoperation und erholte sich langsam in der Klinik. Im Haus wunderten sich einige Mitmieter, daß der manchmal sehr ungnädige, aber häufig auch sehr charmante alte Herr überhaupt Angehörige hatte. Mit echtem Interesse fragten sie nach seinem Befinden. Meine ältere Schwester und ihr Mann renovierten die

Wohnung. Vor allem aber packten sie bergeweise Papier in Kartons und stellten sie an die Straße. Die Aktenablage des Architekten war praktisch seit dem Tag der Scheidung aus der Kontrolle geraten. Er hatte zwar weiterhin jeden, aber auch jeden Briefumschlag mit einem Eingangsstempel versehen, aber kaum einen weiterbefördert. Er stempelte auch die ungeöffnete Post. Die letzten Jahre hingen bündelweise auf Plastiktüten verteilt an Türklinken und an Stuhllehnen. Das mit Rotstift und Lineal gegengelesene Rundfunkprogramm ließ sich über ein Jahrzehnt zurückverfolgen, wobei seine Unterstreichungen durchaus Geschmack und Interesse bewiesen. Die Bautagebücher, die jeder Architekt führen muß, begannen alle minutiös, ebbten auf der dritten Seite stark ab und endeten etwa in der Mitte der fünften. In gestochen scharfen Buchstaben beschriebene Karoblocks gaben Auskunft darüber, was er an einem Freitag des Vorjahres zu kaufen beabsichtigt hatte. Das meiste hatte er gar nicht geschafft. Weniger wegen des fehlenden Geldes, sondern ob der verschobenen Tag- und Nachtgleiche. Schon zu seinen besseren Zeiten kam er oft erst nach Anbruch der Dunkelheit zu einem Spaziergang an Elbe oder Alster; zum Frühstücken manchmal erst kurz bevor die Läden zumachten. Er schlief häufiger und häufiger nach seinem Mittagessen nach Mitternacht über dem Studium der Rundfunkzeitung ein und fand sich morgens um drei auf dem kalten Küchenstuhl wieder. Das erzählte er mir selbst, als er nach dem Krankenhaus und vor der Reha-Klinik in seiner Wohnung zu Gast war. Oder nach der Reha. Oder beim zweiten Mal?

Sätze, die damals gesagt wurden, habe ich zwar behalten,

kann sie aber zeitlich nicht einordnen. Das lag nicht zuletzt daran, daß mein Vater ein paar Jahre später wieder in seiner Wohnung stürzte und dabei die andere Hüfte brach. Und wieder war ich es, der in der Nähe weilte. Er überlebte den zweiten Sturz besser als ich.

Manches, was er damals sagte, klang nicht mehr so hart, wenngleich er die Menschheit nicht schonte. Früher ging er leidenschaftlich gern an der Alster spazieren, das tat er schon lange nicht mehr. Ich fragte ihn, warum nicht. »Keine Gesichter!« lautete der knappe Bescheid. Unser Umgangston war sehr entspannt. Die Politik, die uns seinerzeit als Vehikel gedient hatte, um den Kämpfen am Familieneßtisch einen scheinbaren Sinn zu geben, ließen wir weitgehend außen vor. Ein paarmal ließ ich mein Aufnahmegerät mitlaufen und versuchte ihn dazu zu bewegen, Geschichten zu erzählen, die ich noch nicht kannte. Einmal fragte ich ihn, nachdem ich das Band eingeschaltet hatte: »Was möchtest Du werden, wenn Du einmal groß bist?« und er antwortete wie aus der Pistole geschossen und ohne mit der Wimper zu zucken: »Dirigent!«

Musik bedeutete ihm immer sehr viel. Hauptsächlich Klassik, aber auch herkömmliche Unterhaltungsmusik. Er hatte Tränen in den Augen, als ihm klar wurde, daß er wegen der Hüftoperation nie wieder würde tanzen können. »Aber du hast doch seit Jahrzehnten nicht getanzt«, sagte ich. »Aber ich hätte es können«, entgegnete er.

Er genoß es, den Pfleger gleich bei der Hand zu haben: Ich weckte ihn morgens, brachte ihm den Tee ans Bett, wusch ab, kochte, machte sauber und versuchte in der verbleibenden Zeit, die letzten Aquarelle für ein kanadisches

Bilderbuch zu tuschen. Einmal verstieg er sich zu der Behauptung, ich pflege ihn »wie seine Mutter«. Nicht eine, sondern seine. Ein höheres Kompliment konnte es auf seiner eingeschränkten Skala nicht geben.

Kurze Zeit gaben wir das »Odd Couple« auf der Hoheluftchaussee. Unter meinen harschen Kommandos »Füße hoch beim Gehen! Schal zumachen!« eroberten wir die Läden zurück, die ihn als anspruchsvollen und wortreichen Kunden, als charmanten Kauz oder als gnadenlosen Kreditnehmer kannten. Nun war er fast wieder solvent – jedenfalls solange ich aufpaßte. Ich ging so weit, der Nachbarin über ihm, die er wohl häufiger angepumpt hatte, Geld von ihm in Verwahrung zu geben, damit er im Wiederholungsfall, seinen eigenen Schein leihen könnte. Eine Zeitlang hatte ich so die Oberhand.

Je besser er laufen konnte, desto mehr entfernte er sich. (Das hatten wir als Kinder und Jugendliche ja auch so gemacht. Und so wie er damals, konnte ich dafür kein Verständnis entwickeln.) Ich hatte mein eigenes Erziehungsprogramm. Dagegen entwickelte er ein Entziehungsprogramm. Er brauchte mich auch erst wieder wirklich beim zweiten Sturz. In der Zeit dazwischen meldete er sich nur sehr sporadisch. Ihm war der Rückzug als Reaktion geläufiger. Noch geläufiger als mir. Das menschliche Verhalten, das ich bei ihm entdeckt zu haben glaubte, verschwand genauso schnell, wie es gekommen war. Ich hatte den Fehler gemacht, zu glauben, es gäbe späte Einsichten. Schlimmer noch: Ich dachte für ein paar Monate, eine Form von spätelterlicher Erziehung wäre möglich. Zudem hatte ich bei mir Regungen entdeckt, die mir völlig neu waren. Gefühle. Ich glaubte, seine physische Genesung würde ihn zugleich von seinen alten, kalten Mustern fortführen. Ich hoffte allen Ernstes, die Dinge würden noch in Ordnung kommen.

Doch er machte einfach seinen Striemel weiter. Er lebte wie gehabt über seinen Verhältnissen. Ich habe nie wirklich herausfinden können, wohin das Geld verschwand. Außer in der Konditorei. Außer in Karpfen im Reichshof. Außer in Tonträger mit klassischer Musik. Außer in Anzahlungen und Rückzahlungen. Er führte die ihm vertrauten Ordnungssysteme wieder ein. Er ließ zum ersten Mal in seinem Leben seinen Bart absichtlich wachsen und hielt sich nicht mehr so ordentlich und wirkte nicht mehr so distinguiert. In dieser Zeit wurde ihm einmal im Drogeriemarkt im Hauptbahnhof diskret, aber unmißverständlich die Tür gewiesen. Das erzählte er mir später, halb amüsiert und halb schockiert darüber, daß ihm – so krumm gebeugt am Stock, die Zähne etwas lose im Mund, die Haare zu lang, mit einer Plastiktüte am Arm – ein tadelloses Entrée nicht mehr so recht gelingen wollte.

Zu den altbekannten Geschichten über den Arbeitsdienst, über eine Scharlacherkrankung und das Lazarett im Krieg, über den Onkel, der im Hafen mit Butter handelte, von den Sommerfrischen mit der Großfamilie an der Ostsee und über den Tod seiner Mutter kamen einige mir nicht so geläufige: Der Vater seines Vaters war Direktor einer Strafschule gewesen. Dort schlug man gewissermaßen gegen Gehalt und in bester Absicht. Das Erziehungsinstrument nannte sich »Bakel«, eine Art Rohrstock, der später auch noch im Elternhaus meines Vaters einen würdigen und schnell erreichbaren Platz hatte. Sein Vater jagte ihn einmal zornentbrannt, den Bakel in der Hand, immer um den Stubentisch, weil mein Vater eine Skulptur fallen gelassen hatte, die sein Vater hatte skizzieren wollen. Das war der Großvater, den wir nicht mochten. Daß er schlagen konnte, wußte ich, aber nicht, daß er gerne gezeichnet hatte.

Überhaupt wußte ich von seinen Eltern nur, daß er sie immer über alles gestellt hatte. Und das einzige Mal, daß ich in meiner Kindheit Tränen in seinen Augen gesehen habe, war, als sein Vater starb. Da saß mein Vater auf dem Hocker neben dem Waschbecken in der Küche unserer Dachwohnung und weinte.

Wann er mir die wesentlichste Erklärung für vieles, was er nicht sein konnte, lieferte, kann ich nicht erinnern. Sie kam für mich zu spät. Oder zu früh: Sie erreichte mich zu der Zeit nicht, sondern nur mein Tonband. Soweit ich das beurteilen konnte, benutzte er die Geschichte keineswegs als Entschuldigung, ja nicht einmal als eine Erklärung für sich: Als Zehn- oder Zwölfjähriger kam er eines Tages von der Schule zurück und im Treppenhaus kam ihm der Gasmann entgegen. Die Wohnungstür stand offen, die Eltern waren nicht da. Es roch nach Gas. Später kam sein Vater nach Hause, aber nicht die Mutter. Sie lag im Krankenhaus. Es wurde ihm nicht gesagt, warum. Aber mein Vater ahnte es, denn sie konnte immer wieder in tiefe Schwermut verfallen. Sie wurde entlassen, ihr ging es immer noch nicht gut, aber sie erholte sich. Von da an war es seine große Angst, daß es ihr wieder schlecht gehen könnte. Das mußte er aus Leibeskräften verhindern. Er ließ sie nicht mehr aus den Augen. Auf allen Spaziergängen machte er sie auf jede Blüte, jedes frische Grün, jeden Vogel und jede Wolke aufmerksam, damit sie ja nicht wieder auf dunkle Gedanken verfiel. Nie wieder. Jahrelang redete er so – und mit Erfolg – um ihr Leben. Und sich um Kopf und Kragen.

Ich war entsetzt. Ich war berührt. Aber auch empört: Warum rückte er mit dieser so wichtigen Hausmitteilung so spät heraus? Ich hätte sie gerne früher erhalten und nicht erst als bereits halb verfallener Talentschuppen. Ich reagierte immer noch als Sohn, unversöhnlich. Dabei wäre diese neue Sicht der Dinge für alle viel hilfreicher gewesen: Auch Eltern hatten eine Kindheit. Manchmal sogar einen schlechte. Eine Erkenntnis von erschütternder Banalität.

Ich gab auch sonst kein Pardon. Als er anfing, auch mich bewußt zu hintergehen, indem er Haushaltsrestriktionen unterlief und hinter meinem Rücken sein Konto überzog, auf daß das ganze Elend von vorne anfinge, war bei mir Schluß. Nach einer letzten Standpauke pfefferte ich das Bündel mit den Kontoauszügen knapp an seinem Kopf vorbei hinter den Kühlschrank und ging. Meine Bereitschaft war aufgebraucht. Meine Risikobereitschaft auch. Ich rettete mich selbst. Bis zu seinem Tod reichte mir das. Ich überließ das Feld meinen Schwestern.

Es war die denkbar kleinste Trauergemeinde, die sich zu seinem Begräbnis vor der Kapelle einfand: wir. Und Tante D. Selbst seine plastiktütenbehangene Schwester erschien pünktlich. Nur sein bester Vetter Herbert fehlte, obwohl er noch lebte.

Der Pastor gab dem Verstorbenen gleichsam als letzte Abmahnung sehr ernste Worte mit auf den Weg. Man hatte ihn posthum mit den Arten und Weisen des Verstorbenen bekannt gemacht. Härter hätte ich es nicht sagen können.

Und auch nicht sagen wollen. Ich sagte überhaupt nichts. Ich war nicht traurig, als mein Vater starb. Das hätte er vielleicht auch nicht erwartet. Es kam erst viel später, als ich die spärlichen Eintragungen in seinen Taschenkalendern las, die alten Rechnungen überflog, die nie abgehörte Kassette in der Hand hielt und die längst vergessene Postkarte aus jenem Jahr der großen Entsorgungsaktion in seiner Wohnung wieder las: »Ich bewundere Dich restlos. Deine kleine Schwester.« Ich mich nicht. Überhaupt nicht.

Fließende Formen

Die grundsätzliche Funktion von Kunstakademien ist zu verhindern, daß die Anzahl vermeintlicher Künstler zu groß wird. Vermutlich gibt es nur wenige Studiengänge, bei denen so wenige Läufer, die es immerhin überhaupt bis zum Start geschafft hatten, am Ziel noch gesichtet werden. Alle, die glauben, es nicht lassen zu können, es aber dennoch nicht zu tun wagen, wählen den Fachbereich Kunstpädagogik. Das ist in etwa so, als wenn ein verhinderter Wunderpianist stattdessen Konzertkarten verkauft: Er weiß zwar, was in den Sälen gespielt wird und wie die Noten dazu aussehen, aber er kommt nie in den Genuß des Erlebnisses, den einen Abend mit Rosen beworfen zu werden und den anderen mit Tomaten. Und was es heißt, im Lichte der Öffentlichkeit an sich zu arbeiten.

Ganz intuitiv studierte ich also Kunstpädagogik. Davor aber zwei Semester Architektur. Zum Glück, denn eigentlich alles, was ich über Skulptur und Form weiß, habe ich im Laufe jenes Jahres, in dem ausgegliederten Institut in einem Wald vor Braunschweig, gelernt. Vielleicht hatte man Professor Weber dahin evakuiert, denn er besaß eine derart unmögliche und ungezügelte Art, vom zweiten Stock bis in den Keller hinunter zu brüllen, daß er im Elfenbeinturm in der Innenstadt ein Umweltproblem gewesen sein dürfte. So hörten es nun die Eulen im Uhlenbusch. Und seine Studenten und Assistenten.

Was einen mit Jürgen Weber versöhnte (ein Wort, dessen Bedeutung man in seiner Gegenwart glatt vergaß), war, daß er wußte, wovon er schrie und schäumte. Er konnte Grundlagen der Plastik auf den Begriff bringen. Mit Dias und weißem Schaum in den Mundwinkeln; mit Schemazeichnungen und Definitionen. Und vor allem mit praktischen Übungen, von denen man unmittelbar annahm, sie wären für die letzten Nachmittage im Altersheim konzipiert, falls der Peddigrohrkurs einmal überbucht sein sollte. Die Anstalt des Kunstcholerikers hieß schlicht und korrekt »Institut für Elementares Formen« und man kam dort zu wundersamen Ergebnissen: Ich beispielsweise konnte schnell feststellen, daß ich sechs Kuben niemals würde so anordnen können, daß ich sie selbst länger als drei Minuten angucken mochte. Es gab Kommilitonen, die spielend drei Würfel so ineinander verschränken konnten, daß sie wie neun aussahen, ohne den Gesamteindruck zu zerfasern. Immerhin durfte ich erfahren und erfühlen, daß die Bildhauerei etwas ungemein Befriedigendes in sich birgt: Hände und Augen sind so beschäftigt, daß der Kopf – in dem der Konzeptionist mit dem eigenen Kritiker nutzlose Konferenzen abhält – im besten Sinne zu kurz kommt.

Weber selbst war praktizierender Naturalist mit hohem Kampfanteil. Er prökelte nicht vor sich hin, sondern vollführte Attacken mit dem Preßlufthammer auf die entstehenden Formen, die sich immer noch wanden, wehrten und zuckten, wenn sie zu einem Brunnen geworden waren. Zu der Zeit stellte keiner, der es auf dem westlichen Großkunstmarkt zu etwas bringen wollte, kämpfende Ringer in eine Fußgängerzone. Weber schon. Wesentlich angesagter war es damals, einen in Aluminium übersetzten Zahnpastastreifen in hundertfacher Vergrößerung von Karstadt bis zu Horten laufen zu lassen.

Als notorischer Querulant konnte Weber mit Ablehnung leben. Aber als Künstler brauchte auch er Rosen, Reden und Applaus. Von welcher Seite auch immer. Zu diesem zweifelhaften Vergnügen kam er einige Jahre später. Da war ich schon von der Technischen Universität an die Kunsthochschule gekommen. Mit dem Wechsel von der staatstragenden Architekturfakultät zu den Künstlern, Kunstpädagogen und anderen gestaltungsfreudigen Gestalten wurde das elementare um das gesellschaftliche Ringen erweitert. Dort waren Studenten wie Dozenten durch die Bank links, nur über die Abstufungen des Farbtons rot bestand Uneinigkeit. Keine Putzfrau war vor uns sicher – rein künstlerisch. Jedes Individuum, das mit dem Lorbeer der richtigen Klassenzugehörigkeit umkränzt werden konnte, kam als Thema in Frage und wurde als Motiv belästigt. Oder als Modell rekrutiert: Der Lumpenproletarier Herr Philippzig hatte damit keine Probleme, denn er war Alkoholiker und hatte vormittags sowieso nichts anderes zu tun, als darauf zu warten, daß der Nachmittag kam, um sich von dann bis in den späten Abend der Verschandelung von Körper und Geist zu widmen. Philippzig war Obdachloser mit festem Wohnsitz und – vormittags – geregelter Arbeitszeit. Ein paar Mal die Woche saß er diese bei den Bildhauern ab. Er konnte mit ansehen, wie im selben Atelier Salvador Allende nach Photos und in Beton entstand und wie ein vietnamesischer Student Ho Chi Minh in Überlebensgröße unter seinen fleißigen Händen entstehen ließ.

Ich mochte Herrn Philippzig. Er trug sein Schicksal mit Würde. Wie immer so eine Bahn aussehen konnte, es hatte

ihn aus derselben geworfen und jetzt war er mit Winter-
mantel und Plastiktüte auf der Straße nicht von anderen
Pennern zu unterscheiden. Das versuchte er auch gar nicht.
Rein formal und plastisch betrachtet war sein Kopf allerdings nicht viel mehr als eine verschrumpelte Erbse, die versuchte, in einem grob gestrickten Rollkragen zu verschwin-
den. Als Modell gab er daher nicht soviel her, besaß aber
Ausstrahlung.

Herr Philippzig mochte mich ebenfalls (»Da kommt der
Hamburger!«, krächzte er immer), eine gute Voraussetzung,
wenn man sich stundenlang gegenüber steht oder sitzt, sich
beäugt und umkreist. Trotz seiner fünfzig Jahre Vorsprung
und des harten Angangs hatte er seinen tagtäglichen Kater
bedeutend besser im Griff als ich. Ganz der Profi, trank er
nie mit Studenten und nahm sein erstes Bier nur sehr selten
bereits in der Kantine zu sich. Herrn Philippzig sah ich nur
einmal betrunken im Dienst, da war er dann allerdings jen-
seits von Gut und Böse und restlos aus der Bahn geworfen.
In seinem Stundenlohn war die Lieferung einer lückenlo-
sen Verliererbiographie nicht enthalten, aber mir erzählte er
schon dies und das über die grandiose Zeit, als er als Rei-
sender in Kurzwaren den Ostharz unsicher gemacht hatte.
Im Rahmen unserer beider Arbeit bekamen wir ein recht
privates Verhältnis.

Herr Philippzig entstand im Laufe vieler Wochen unter
meinen Händen neu. In Ton. Das Problem mit Ton ist,
daß man ihn feuchthalten muß und das Ergebnis seiner
Bemühungen nur bewahren kann, wenn man es am Ende
in einem anderen, dauerhaften Material wie Gips oder gar
Bronze abgießt. Ich hatte das Gerüst, um das herum ich

den Tonschädel aufbaute, ein wenig zu groß angelegt, mußte also den ganzen Kopf eher zu groß als zu klein machen. Er bekam mehr Haare, mehr Bart, mehr Stirn und mehr Hinterkopf. Er wurde richtig stattlich. Das lag aber auch an meinem bewußteren Verhältnis zur »gespannten Form« das mir Professor Weber mit auf den Weg gegeben hatte.

An der Hochschule für Bildende Künste zu Braunschweig gab es zu der Zeit neben Maoisten oder Spontis (wie mir) eine starke Fraktion der DKP in Form des jungakademischen MSB-Spartakus. Im Prinzip stellten MSBler unsere natürlichen Feinde dar, was aber privat nicht immer durchgehalten wurde, denn Feste feiern konnten die. Der KSV gab sich zu elitär, der KBW agierte mehr draußen, die DKPler logen sich mit ihrer DDR in die eigene Tasche und etliche von uns hatten die ganzen Haarspaltereien so satt, daß wir die »Initiative Sozialistischer Studenten« gründeten und uns zur Wahl stellten. Die ISS bekam mehr Stimmen als sie überhaupt an Mannschaftsstärke für die Gremienarbeit aufbieten konnte. Aber natürlich waren wir eine Zeitlang als Zusammenarbeitspartner begehrt.

Die ideologische Lichtgestalt für künstlerische Auslegungsware und Realismus-Debatten wurde vom Spartakus immer per Bahn aus München eingeflogen und hieß Hiepe, seines Zeichens auch Herausgeber einer kurskorrekten DKP-konformen Kunstzeitschrift. Alles, was Wasser auf seine Mühlen war, nahm Hiepe in Beschlag. Dabei trat er geschickt, manchmal gar geistreich auf. Ich mochte Mensch und Kritiker Hiepe nie.

Im Sinne von »Wollen wir nicht in eine WG ziehen?« mochte ich auch Weber nicht, aber der national-konservative Freigeist und Werte bewahrende Berserker tat mir regelrecht leid, als er begann, sich an die DKP zu verkaufen und eine Plastik von ihm als Titelbild auf Hiepes Kunstmagazin prangte.

Rein emotional konnte ich die Entwicklung nachvollziehen, denn ich geriet selbst unter den Eindruck eines ausdrücklichen Lobes von Hiepe: Bei seinem Rundgang durch die Semester-Ausstellung blieb er vor meiner Porträtbüste mit dem nahe liegenden Titel »Herr Philippzig« stehen und rühmte ausdrücklich die menschliche Würde und die positive Ausstrahlung, die diesem … Menschen durch die einzig richtige Herangehensweise, nämlich den Sozialistischen Realismus, verliehen worden sei. Menschlich wirkte die Plastik, das stimmte. Nur ein wenig groß.

Salvador Allende wirkte in dieser Ausstellung hingegen ein wenig tot. Und der übergroße Ho Chi Minh fehlte ganz, denn er war beim Abgießen der Negativform ausgelaufen. Futsch: Die weiße Soße schwappte in jede Ecke des Ateliers. Wir halfen dem jungen Minh beim Aufwischen des alten Ho, es ließ sich nicht sagen, ob man gerade die Nase oder die Ohren des großen Vorsitzenden in den Feudeleimer auswrang.

Herr Philippzig hat – jedenfalls in Gips – die Jahre überlebt. Er war in der Tat auf Wohlwollen gebaut und aus einem Guß. Manchmal bedaure ich, nicht mit der Bildhauerei und den Porträts weitergemacht zu haben. Sehr froh bin ich hingegen, weder Kunstpädagoge noch Kunstkritiker geworden zu sein.

Tiefergelegte Hoffnung

Noch heute werde ich müde, wenn ich an damals denke: Ich bette die Periode meiner größten Depressionen ins Matratzen-Zeitalter. Es gipfelte eines frühen Morgens in meinem symbolischen Ableben, dessen genaues Datum mir aber entfallen ist. Allgemein gesagt, geht es um die Zeit vom Ende der 60er bis Mitte der 80er Jahre. Mit den damaligen, so wachen sozialpolitischen Augen würde eine Abhandlung daraus entstanden sein, die geheißen haben könnte: »Traumstatt oder Kampfplatz – Die Matratze als gesellschaftlicher Unterbau.« Ich neigte mehr zum Aphorismus und hätte lieber gesagt: »Ich litt unter einer starken Ablehnung der gesellschaftlichen Verhältnisse. Deshalb mußte ich mich häufiger hinlegen.« An ganz schwarzen Tagen fehlte mir allerdings sogar dafür der Humor.

Die historische Leistung meiner Generation besteht darin, die Matratze aus den Betten befreit – und sie später wieder schön zurückgelegt zu haben. Nicht jeder hat diesen Prozeß unbeschadet überstanden, aber den Betten hat es gut getan. Davon kann man sich in jeder Wohnzeitschrift und auf Möbelmessen überzeugen.

Die Zukunft war lange leuchtend und lupenrein rot, unsere Matratzen waren hingegen häufig ein wenig schmuddelig. Schwer vorstellbar, daß Joschka Fischer auf dem Balkon der WG mit einem über der Stirn verknoteten Tuch und in blauen Strumpfhosen, Staub und Milben aus den Matratzen geklopft hätte. Das tat hingegen Frau Oppolzer im zweiten Stock in der Daimlerstraße, wo ich aufwuchs. Die

Balkone lagen zum Hof und sie trug unten herum wirklich nur die Strumpfhose. Daß die sehr vollschlanke Nachbarin, die genauso gerne am Küchentisch saß und »Morgenpost und Bild« gleichzeitig las und dazu »HBoderErnte« rauchte, auf so kleinem Balkon-Raum so effektiv zu Werke gehen konnte, lag daran, daß die Matratzen damals noch dreigeteilt waren. Das hatte den Vorteil, daß man im Falle eines kleineren oder größeren Malheurs das Mittelteil umdrehen konnte – und ihn nur im Ernstfall erneuern mußte. Außerdem konnte man sie untereinander austauschen, so daß das Kopfteil auch mal die Füße oder den Hintern zu sehen bekam.

Da ich jünger bin als Uschi Obermeier und Rainer Langhans, war ich leider nicht dabei als die ersten Matratzen aus den Betten geholt wurden. Ich weiß also nicht einmal, ob sie da raus mußten wegen der Sexuellen Revolution, oder ob diese Revolution stattfand, weil bereits so viele Matratzen auf dem Boden lagen. Das übliche Schicksal meiner Altersgruppe: Wir kamen zum Bahnhof, wenn die ersten Züge längst abgefahren waren. Wir hielten uns aber brav an den für uns ausliegenden Fahrplan – eigentlich hatten wir nur die Autoritäten getauscht. So etwas kann zusätzlich deprimieren. Unser Verdienst bestand also zunächst darin, daß wir die Matratzen nicht sofort in die Betten zurückgelegt haben.

Mit den Futons begann die Etablierung. Das fing schon mit dem Gewicht an, ließ es sich mit ihnen doch wesentlich schwerer umziehen. Wasserbetten waren für Scheinarme: Den Komfort wünschen, aber nach außen den Eindruck des unkonventionellen, improvisierten Bodendeckers auf-

rechterhalten. Und das zum Preis eines Gebrauchtwagens.
Da ich immer noch stündlich mit der Abschaffung des Kapitalismus im allgemeinen und des Geldes im besonderen rechnete, hatte ich weder für das eine noch das andere Rücklagen geschaffen. Schon die Anschaffung eines Spannbettlakens im Sonderangebot brachte meinen Finanzhaushalt empfindlich durcheinander. Also lag ich auf meinem porösen Schwamm und hoffte die Signale der Völker nicht zu überhören. Mag sein, daß ich dabei manchmal eingenickt bin.

Ich lag und litt.

Die 70er Jahre waren ein ideales Umfeld für Depressive, weil man Verweigerung mit gesellschaftlichem Widerstand, Nichtstun mit progressivem Einsatz, Rumhängen mit Meditation und Illusion mit Vision verwechseln durfte. Ich verwechselte das Liegen keineswegs mit dem Leben, es linderte nur mein Leiden. Vordergründig.

Als ich mir den Hauptschmerz und damit auch meine Sympathie für den Freitod in den 80er Jahren wegtherapieren ließ – mit der ausdrücklichen Hoffnung, Anflüge von Melancholie, Misanthropie und Weltschmerz behalten zu dürfen –, warf es mich ein letztes Mal auf die Matratze: Mein Körper wollte wissen, ob es mir ernst war mit der neuen Lust aufs Leben.

Ich wohnte damals in einem Gemeinschaftsatelier im Dachgeschoß eines Hinterhauses in der Kleinstadtmitte von Svendborg in Dänemark. Die anderen nutzten die Räume nur zum Arbeiten. Ich »wohnte« dort in dem Maße, wie ich diese Kunst beherrschte: Es genügte eigentlich eine Kaffeemaschine und eine Matratze. Hauptsache der Arbeitsplatz war einigermaßen in Ordnung. Was darüber hinaus noch alles Behaglichkeit zu bereiten vermochte, das konnte ich in Hamburg genießen, wenn ich meine neue Freundin besuchte. Es war relativ luxuriös und angenehm komfortabel bei ihr, das weckte aber keinen Neid bei mir. Eher war sie ein wenig neidisch auf die Atmosphäre von Improvisiertheit und Gauloises-Bleu-Reklame im dänischen Atelier, die sich ganz von selbst ergibt, wenn man fürs Wochenende die Matratze vor die schedderige Balkontür im größten der Räume legte und mal die Sonne und mal die Sterne aufs Kopfkissen scheinen ließ. Das konnte sie mit ihrem gepolsterten Doppelbett zwischen malerlackierten Türrahmen natürlich nicht. Schon allein wegen der Abdrücke im Hochfloor-Teppichboden.

Normalerweise befand sich mein Atelier-Lager in einer Abseite, eingeklemmt zwischen einem kleinen Fenster und drei Holzwänden. Theoretisch konnte sich die Bettstatt nicht von selber bewegen, tat es eines Tages aber doch. Mir war nicht gut. Ich schleppte mich zum Arzt, der tippte auf Grippe. Ich legte mich wieder hin, die Matratze lag ruhig, aber nun fing ich an, mich zu bewegen: In wasserwaagenexakter, horizontaler Lage fühlte ich mich nach unten gedrückt und nach hinten durch die Holzwand verschwindend. Der Druck nahm stetig zu, der Arzt kam und tippte diesmal auf eine schwere Grippe. Gegen Mitternacht wurde das Gefühl für die Füße befreiend: Sie schienen in der Luft zu zappeln, während sich der Kopf diagonal den Weg durch den Fußboden bohren wollte. Unter größter Anstrengung rief ich den Arzt an und gab ihm eine letzte Chance, seine Diagnose zu modifizieren, dann verständigte ich lieber selber den Unfallwagen. Die Falk-Retter, die nach einer langen Nachtschicht nicht viel besser aussahen als ich selbst, enthoben mich der Matratze, balancierten mich auf der Trage durchs steile Treppenhaus und fuhren mich dem korrekten Befund im Krankenhaus entgegen: Enzephalitis, eine lebensgefährliche Gehirnentzündung.

Man isolierte mich, schloß mich an diverse Tropfe an und ich trank ohne jedes eigene Zutun Salz- und Zuckerlösungen. Über Tage. Wie schlecht es um mich stand, wußte ich nicht. Zum ersten Mal, ging es mir schlechter als ich dachte.

Während ich auf einer skandinavischen Hospitalmatratze vor mich hindämmerte, kam meine Freundin. Sie hatte die Firma sich selbst überlassen und sich umgehend in ihr schnelles, schwarzes Auto gesetzt. In ihrem Gesicht stand die kritische Diagnose, doch das konnte ich nicht genau sehen, weil meine Augen verrutscht waren: Die gelähmte linke Körperhälfte schickte den Blick nach rechts, die gefühlstaube, rechte Seite schlug das Auge nach links. Wieder einmal war ich mit mir über Kreuz, aber nicht mehr in Lebensgefahr. Meine Freundin brachte mir einen »Spiegel«, aber ich konnte nicht lesen. Sie brachte mir einen Block, und ich konnte – mit einem Auge – zeichnen. Sie holte mir unter der Bettdecke einen runter und ich bin ihr ewig dankbar, daß sie beim Abfragen meiner Reflexe diesen Teil nicht vergaß. Bis auf das Lesen verlief der Test positiv.

Zum Vorlesen kam Jesper. Wir kannten uns, waren aber eigentlich nicht befreundet. Er kam aus freien Stücken und auf eigene Initiative. Diese Geste rührte mich zutiefst: Täglich las er für mich einen Abschnitt aus einem lateinamerikanischen Schicksalsroman. Als ich das Bett verlassen und mich in meinem schlabbrigen Jogginganzug aus dem Zimmer schleppen konnte, wartete ich immer schon am Fahrstuhl auf ihn. Als ich nach Wochen soweit wieder hergestellt war, daß ich nach Hamburg überstellt werden konnte, holte er mich in meinem eigenen Auto, einem alten Wellblech-Citroen, ab. Wir hielten bei der Sparkasse in Svendborg, da ich anläßlich meines Wiedereintritts ins Leben den Kontostand prüfen wollte. Wegen der verrutschten Optik trug ich eine schwarze Augenklappe und wegen des Regens einen langen Gummimantel. Das gab dem französische Polizeiwagen einen sehr kriminellen Anstrich, als ich mich steif und halb maskiert durch die Glastür schob, so als ob ich vor lauter Sprengstoff am Körper kaum noch laufen konnte.

In Hamburg lag ich auf der hochgepolsterten, französischen Matratze meiner Freundin, schaute über Kreuz durchs linke und rechte Fenster auf die kahlen Kastanienbäume und aß Batterien von Frucht-Joghurts, um einen permanenten Heißhunger zu stillen und mich mit dem Leben anzufreunden. Meine Freundin wiederum, versuchte sich in die Vorstellung zu finden, für den Rest ihres Lebens einen Typ (den sie obendrein noch gar nicht so lange kannte) am Hals zu haben, der ein wenig sabberte, schielte und Unmengen Frucht-Joghurts aß. Eines Mittags erhob ich mich von der Matratze, stolperte im Hochfloor – und konnte wieder normal sehen! Im Fall richteten sich meine Augen. Selbst im Halbdunkel sah ich, daß jeder Türrahmen eine rechte und eine linke Seite hatte – die lackierten Türblätter saßen genau dazwischen. Alles war wieder am Platz. Ein historischer Tag, aber weder Datum noch Uhrzeit habe ich mir gemerkt. Ich weiß nur, daß es keine zwei Meter von einer grünen Velours-Matratze entfernt passierte, nachdem ich aufgestanden war. Doch das Gefühl von Erleichterung, Staunen und Dankbarkeit erinnere ich haargenau.

Ich weiß nicht, warum es mir früher so schlecht ging. Ich kann nur ahnen, warum es mir mittlerweile besser geht. Ich glaube nicht, daß es ursächlich etwas mit Matratzen zu tun hat. Aber irgendwo muß man Epochen ja ablegen.

Geteilte Geschichte

Ich wurde in jenem Jahr geboren, in dem sowjetische Panzer den Aufstand in Ostberlin niederwalzten. Das ließ mich fast 17 Jahre lang ziemlich kalt. Ich wußte faktisch nicht, daß ich im Westen lebte. Ich war schon in der Mittelstufe, als ich anläßlich einer Klassenfahrt die Monstrositäten an der deutsch-deutschen Grenze besichtigen durfte. Wie wenig Spuren die humanistische Bildung bis dahin in uns hinterlassen hatte, zeigte sich schon dadurch, daß keinem von uns angesichts dieser Grenzbefestigungen der »Limes« in den Sinn kam.

Während der Gymnasialzeit verband mich eine platonische Liebe mit einer Mitschülerin, die einen etwas gediegeneren Familienhintergrund hatte als ich: Ihr Großvater war Professor an der Humboldt-Universität gewesen und es bestanden offenbar noch Verbindungen dorthin; jedenfalls bis zum Pförtner, der uns ein pralles Bündel Ost-Mark für Bücher aushändigte. Und wir versuchten den ganzen Tag lang, es auszugeben. Ohne großen Erfolg. Buchhandlungen und Bücher gab es genug, aber der Batzen wollte dennoch nicht schmelzen und auch wiederholte Besuche in Cafés am Alexanderplatz konnten daran nichts ändern. Als das Tagesvisum abends abgelaufen war, hatten wir immer noch jede Menge Kohle und ich kann nicht erinnern, ob wir es verschenkten oder gar wegwarfen, weil man es ja nicht mitnehmen durfte. Natürlich kaufte ich die Werke von Marx und Engels, die ich damals für die Erfinder und Patentinhaber des Sozialismus hielt. Daß der Bibelcharakter des »Kapitals«

genauso spalten konnte wie im Glauben vereinen, wurde mir erst später klar. Ich war gerade erst dabei, mich vom Protestanten zum glaubensfreien Protestler zu entwickeln. Erstaunlich unreflektiert verliefen diese Stunden im real existierenden Sozialismus Mit der platonischen Protestantin an meiner Seite waren Grundsatzdiskussionen und existentielle Exkurse eigentlich an der Tagesordnung. Wir konnten länger über einen Buñuel-Film diskutieren als der Meister gebraucht haben dürfte, das Drehbuch zu schreiben. Die Behandlung beim Betreten und Verlassen des Landes kamen mir fast hinterhältig vor, aber selbst dies nahm ich so hin: Die DDR war eben ein Ausland der besonderen Art, dessen Existenz ich weder begrüßte noch verurteilte. Zudem wurde mein Standpunkt auch oft davon bestimmt, wer den gegenteiligen einnahm.

Im Sommer drauf verschlug es mich in ein anarchistisch unterwandertes Ferien-Camp, das eigentlich eine Deutsch-Französische Jugendbegegnung sein sollte. Die erwachsenen Aufsichtspersonen waren schon mit dem bloßen Auge als antiautoritäre Macht- und Staatsverächter auszumachen, während die Schar der ihnen anvertrauten Zöglinge in Bezug auf Alter und Aussehen und besonders hinsichtlich der Herkunft stark gemischt war. Eine Anwohnerin einer Seitenstraße der Champs-Élysées sieht einfach anders aus als ein tschechischer Polytechnik-Schüler. Mir hingen die Haare bereits über das Halstuch, das ich zur Parka-Jacke trug, während ein smarter spanischer Schlacks in Trenchcoat und Slippers anreiste. Nur die tannige Umgebung und die einsame Holzhütte im Blasiwald machte uns alle etwas gleicher.

Tagsüber arbeiteten wir unter der Aufsicht politisch unverdächtiger Forstler im schwarzen Wald, am späteren Nachmittag begann der freizügigere Teil, dessen zentrale Elemente aus Alkoholtrinken und Matratzenbeliegen bestanden und nur zum kleineren Teil aus Kartoffelschälen. Für das Liegen auf Matratzen gab es mehrere Einsatzorte: die Doppelstockbetten, die Veranda, den Gemeinschaftsraum, die Wiese – und sogar den Dachboden. Letzteren erinnere ich sehr genau, wenngleich es mir dort oben in meiner pubertären Brunft genausowenig wie in anderen Lagen gelang, endloses Fummeln in echtes Bumsen zu verwandeln. Bis sich das Petting mit Else aus Helmstedt so befriedigend gestaltete, daß ich den regulären Verkehr abwarten zu können meinte.

Auch als nach ein paar Wochen der Bierkasten in der Mitte abgeschafft, die ideologische Vorhut des Vergnügens entmachtet und in aller Eile solidere Statthalter des Deutsch-Französischen-Jugendwerks kamen, die so farblos gewesen sein müssen, daß keiner von ihnen irgendeinen Eindruck bei mir hinterlassen hat, behielten wir unsere erotischen Vorübungen bei.

In den folgenden Herbstferien besuchte ich Else zum weiteren Ausloten der Grenzen des Vorspiels in Helmstedt. Ich verließ Hamburg in der Hoffnung, daß sie für weitergehende Schritte offen wäre. Dem war leider nicht so. Sie küßte mich zwar im Nachthemd, das eigentlich mehr ein Knaben-Pyjama war, und legte sich auch kurz zu mir, doch dann überließ sie mich für den Rest der Nacht meinem Gästezimmer im Turm der Villa mit Blick über das schlafende Helmstedt. Passend dazu gab es die Schlager von Christian

Anders, deren hallunterlegte Ausführungen zu Fragen der Lie-hi-he-be bestens zur Romantik einsamen Rauchens in blauschwarzer Nacht paßten. Woher die Musik kam, konnte ich nicht ausmachen, möglicherweise setzte sie der Bundesgrenzschutz zur Zermürbung der wachhabenden Vopos am Todesstreifen ein.

Die Demarkationslinie stand am nächsten Tag auf Elses Besucherprogramm. Wir liefen durch den Wald, der sich nicht von anderen unterschied – von den Grenzpfählen der BRD, die weit vor Todesstreifen und Zaun lagen mal abgesehen. Die sonst so milde Else zeigte soviel aufrichtige Wut und Traurigkeit über die böse Grenze, daß ich nur staunend und schweigend zuhörte – was bei mir ein gutes Zeichen dafür ist, mit etwas grundsätzlich Neuem konfrontiert zu sein. Mit der reinen Theorie war es damit endgültig vorbei. Ich war im Westen. Nun brauchte ich nur noch eine Haltung zum Osten.

Irgendwann in dieser Zeit erschien bei Rowohlt ein Taschenbuch: »Zehn Gründe für die Anerkennung der DDR«. Die Anerkennung war für meinesgleichen eigentlich keine Frage. Weit schwerer war, sich vorzustellen, daß man irgendetwas miteinander zu tun haben könnte. Aus Hamburger Sicht bestand kein Bedarf an Hiddensee oder Usedom, wir hatten – wenn wir denn wollten – Helgoland oder Pellworm. Zwar war unsere Kreuzkirche in Altona mit der Gemeinde in Barth in Pommern partnerschaftlich verbunden, aber wir schickten ihnen Wolldecken, abgetragene Kleidung und Sakko und nicht sie uns. Es schien also nicht eben erstrebenswert, ein Dasein im Schatten des Darß an der Mecklenburger Küste zu fristen. Uns hatte weder die

Zone noch die DDR in irgendeiner Form gehört. Wir waren ohne Harm, Haß oder Arg und damit eigentlich die deutsche Generation, mit der man über die ewige Festschreibung des Status quo generös hätte verhandeln können.

Später in Dänemark nannte ein wortgewandter Mitkollektivist die DDR gerne »det der er«, was soviel heißt wie »das, was ist«. Die Wende lieferte ihm die eigentliche Pointe, denn nun nannte er das Land »det der var« – »das, was war«. Das Jahr, bevor dies »war« wahr wurde, verbrachte ich als Stipendiat des Künstlerhauses in Lauenburg an der Elbe. Nach Jahren wieder in Deutschland und direkt an meinem Heimatfluß. Hinter der Brücke über den Elbe-Lübeck-Kanal begann der Osten. Dichter hatte ich nie an der Grenze gelebt. Aber die Gegend zwischen Ratzeburg und Hitzacker roch nicht nach Mauer, sondern nach Zonenrand und Lauenburg selbst roch an nebligen Herbstabenden schon nach Zone. Man hatte nicht das Gefühl, daß es von dort nach irgendwohin weiter ginge – außer über die Elbe nach Prag. Tschechische Schubverbände kämpften sich mit mordsmäßig lärmenden Motoren ihren Weg zurück, stromaufwärts, in ihre Heimat. Am Ende des Aufenthalts schrieb ich eine recht abstruse Geschichte mit dem Titel »Kommissar Kurz und die Wasserschmuggler«, die insofern ungewollt visionär war, als dort von einem »Verwässerungsvertrag« die Rede war, der in seinen Grundzügen dem späteren Grundlagenvertrag verblüffend ähnelte.

Hätte ich selber an meine Prophezeiung geglaubt, wäre ich noch länger in der Schifferstadt geblieben und hätte von dort aus den Osten erforscht, statt mich in Hamburg am

Schreibtisch über dem Wurstladen festzunageln. Aber selbst durch das sonntägliche Eppendorf fuhren dann einige Trabis. Der Radiohändler an der Ecke hatte ein handgemaltes Plakat auf die Straße gestellt: »Wir tauschen 1:9, weil wir uns auf Euch freun«. Das hatte Niveau, und zwar ein sehr niedriges.

Bei einem Besuch in meinem alten Kollektiv in Dänemark saßen die DDRler schon am Küchentisch. Zwei jedenfalls. Genau genommen standen sie im Badezimmer und schrubbten mit Hilfe eines Besenstils in einem großen Bottich Kartoffeln für 20 Personen. Sie behaupteten, ihr Verfahren sei eine russische Erfindung jüngeren Datums. Das blieb nicht der einzige Scherz und in einer langen durchlachten Nacht legten der Dresdner Stefan und ich das Fundament für eine ferne Freundschaft. Er verschwendete keine Zeit mit dem Lamento über Verlorenes. Dennoch schenkte er mir später ein Stück von dem, was uns über die Jahre verbunden und getrennt hatte: einen Betonsplitter, der auf der mir zugewandten, glatten Seite westlich-bunte Graffiti-Spuren trug. Er stimmte mich, gegen meinen Willen, sentimental. Es hatte so viele Jahre gedauert, die ganze Ungeheuerlichkeit des Vorgangs »Teilung« zu begreifen. Am Ende war die Mauer für mich am größten, als sie nicht mehr stand, sondern als handtellergroße Betonbrocken auf meiner Fensterbank zur letzten Ruhe kam.

Formschönes Scheitern

Über etliche Jahre war es mir mit dem Zeichnen und Illustrieren recht ernst. Ich baute mir sogar einen Zeichenschrank mit sieben Schubladen. Während meiner Zimmermannslehre in Dänemark nahm ich einmal an einem »Oberfräser-Kurs« teil und als Übung sollten wir mit den patenten Handmaschinen ein häßliches Handschuhtischchen mit zwei Schubladen bauen. Solche Möbel stehen gemeinhin in einem spießigen Flur. Ich erwirkte stattdessen, daß ich die Zinken und die eingefrästen Handgriffe an drei und dann sogar sieben flachen Laden üben durfte. Zu Hause, in der Werkstatt des Kollektivs, baute ich einen massiven Schrankkörper dazu. In der untersten Schublade liegen nun Originale und Andrucke einiger Bilderbücher, aber das, was dort vor allem mit Fug und Recht lagern sollte, kann ich nicht mehr finden: Die Entwürfe für den ultimativen und erschwinglichen Zeichenschrank für jedermann. Die Geschichte endete sehr peinlich, aber ich würde immer noch behaupten: Das Produkt war gut.

Normalerweise mache ich Design-Anfälle mit mir selber und einem Block aus. Die meisten Dinge braucht man dann gar nicht erst zu bauen, weil man schon auf dem Papier feststellt, welcher Denkfehler der Idee zugrunde liegt. Mein Steckenpferd war die Multifunktionalität. Einmal habe ich aus Holz und Metall einen Fahrradanhänger gebastelt, den man zu einem Picknickplatz für sechs Personen ausklappen konnte – der sich aber ob seines Gewichts eigentlich nur noch mit Motorkraft ziehen ließ. Ein anderes

Mal konstruierte ich eine zusammenklappbare Wanderstaffelei mit Schubladen für alle Utensilien und einem großen Papierreservoir unter der Malplatte. Daß sie mit den selbst konstruierten Scharnieren nie wackelfrei stehen wollte, war das kleinere Manko, das kaum zum Tragen kam, da der Begriff »tragbar« der reinste Euphemismus war, denn schon nach ein paar Schritten in der freien Natur brach man schweißüberströmt zusammen. Ich erntete damit viel Schadenfreude und kehrte recht schnell zum Zeichnen mit dem Block auf den Knien auf einem Klappstuhl zurück. Derartiges Herumexperimentieren bringt tiefe Einsichten darüber mit sich, warum so viele Gegenstände, die einen reellen Gebrauchswert haben, monofunktional sind. Der salzstreuende, sechzehnteilige Schraubenzieher mit Kompaß und Weltuhr taugt eben doch nur bedingt.

Obwohl ich nie leidenschaftlicher Handwerker war, habe ich es in meiner Zeit als Kollektivist enorm geschätzt, eine komplette Werkstatt im Haus zu haben, in der man zu jeder Tages- und Nachtzeit schnell zusammenschrauben konnte, was man brauchte. Fehlte dabei doch etwas, wurde es »überbrückt«. An einem Wochenende, an dem ich eine stabile Zeichenmappe brauchte, fand ich keine Scharniere und ersann deshalb einen Einschiebemechanismus aus zwei gebogenen Aluminiumsstücken. Bis auf den silbernen Metallbeschlag spritzte ich die Masonitmappe dunkelblau. So wurde aus etwas Holzpappe und ein paar Leisten ein Bürobedarfsartikel von höchster Noblesse. Bei etlichen Vorstellungsgesprächen bekam diese Zeichenmappe später meist mehr Aufmerksamkeit als die kleinen Knödelzeichnungen, die ich darin beförderte, und nur die Tatsache, daß diese

Schöpfung ebenfalls aus meiner Hand stammte, machte die versteckte Kritik hinnehmbar. Eigentlich trug ich damals bereits die grobe Idee für das erste Modul des Zeichenschranks für jedermann mit mir herum: Eine Mappe, die so stabil war, daß sie sich stapeln und zu einem Schranksystem addieren ließ. Das hätte ich ohne viel Mühe für mich selber basteln können, aber stattdessen wollte ich diesmal die ganze Welt daran teilhaben lassen. Genau genommen hoffte ich, damit jede Menge Geld zu verdienen.

Mein dänischer Freund H. C. war Industrial Designer. Ab und an. Seine wahre Leidenschaft aber war nachts das Malen unbekleideter Exotinnen, die als Fotos in Zeitschriften den Weg zu seinem Atelierhäuschen am Ende eines Feldwegs gefunden hatten und tags der große Küchengarten mit Radieschen und Tomaten und der angrenzende Tannenschonung, in deren Schutz einige leckere Cannabisse baumhoch wuchsen. Für die normalen Alltagseinflüsse sorgten Frau und Kinder. So sehr die bodenständige Gattin ihren Mann vor sich hinträumen ließ, war sie doch hoch erfreut, daß durch das Projekt Zeichen-Mappen-Schrank-System eine Herausforderung an den zunehmend antriebsärmeren Gatten gestellt wurde.

Die Seiten der formschönen Mappen sollten auf Kufen in den Schrank gleiten und vor allem sollte das System mit den Aufgaben wachsen. Vom Erstsemester über das Vordiplom bis zum Meister. Schulen konnten das Gerippe stellen und die Kursteilnehmer dann je ihre Mappe. Und im Grunde wäre das ganze ein Muß für jeden, der mehr als drei angestaubte Dali-Poster und einen Hockney-Druck sein eigen nannte oder einen Berg Kinderzeichnungen verwahren mußte. Damit waren wir schnell beim optimalen Marktsegment: Alle! Und für alle war nur einer zuständig: IKEA. Wo immer die Teppiche geknüpft, das Rattan geflochten und die Vasen geblasen werden – der denkende und planende Kopf von IKEA saß weiterhin in Schweden und zwar in Almhult zwischen Malmö und Göteborg. Ich rief dort an. Es hatte mir schon manchmal geholfen, daß sich andere nicht ohne weiteres entziehen mochten, wenn ich an etwas glaubte. Ich hielt die Post für den falschen Überbringer der freudigen Botschaft, und folglich gab mir der Leiter der Abteilung für Entwicklung einen Termin im Hauptquartier. In ein paar Wochen um Punkt 10 Uhr. Die Zeit brauchten wir auch noch für den letzten Schliff. Wir waren verdammt dicht davor.

Dann fuhren wir mit Bus, Fähre und Zug nach Kopenhagen. Am nächsten Morgen nahmen wir in aller Frühe – die Unterlagen unterm Arm – das Tragflächenboot nach Malmö und von dort einen Leihwagen. Alles Ausgaben, die angesichts des erwarteten Auftragsvolumens lächerlich waren, in unseren Privathaushalten aber erst einmal Spuren hinterlassen würden.

Der schwedischen Geschwindigkeitsbeschränkungen zum Trotz bogen wir um zehn vor zehn auf den Besucherparkplatz des Einrichtungsriesen ein und forcierten im Minutentakt drei Voranmeldeschalter, so daß wir Punkt 10 bei der Dame standen, die alles wußte. Nur von unserem Termin wußte sie nichts. Dafür wußte sie mit Sicherheit zu sagen, daß die gesamte, bataillonsstarke Entwicklungsabteilung just an diesem Tag zu einem Betriebsausflug ausgeflogen war.

Damit brach meine Strategie der persönlichen Präsentation zusammen und der Schweiß aus. Damit brach ich zusammen. Lautlos. Denn ich hatte nicht noch einmal vorher angerufen. Ich hatte geglaubt, daß in Schweden Absprachen noch viel länger halten als Vollmilch. Ich hatte vielleicht sogar versäumt, meine eigene Telefonnummer zu hinterlassen, geschweige denn, mir das ganze kurz schriftlich bestätigen lassen.

Dieser Augenblick in Almhult zählte zu den peinlichsten meines an Peinlichkeiten nicht grade armen Lebens. Verdrängt habe ich nur, wie wir dann verblieben. Sind die Zeichnungen nicht in meinem Schrank, weil sie noch bei IKEA liegen?

H. C. war auf dem ganzen Vormarsch, bildlich gesprochen, immer ein Stück hinter mir geblieben. Voller Vertrauen. Bis zur nächsten Würstchenbude übernahm er jetzt die Führung. Klaglos. Es bestand keinerlei Eile mehr und wir gondelten im sowieso bezahlten Wagen in einem großen Bogen durch die südschwedische Landschaft gen Ystad und Trelleborg. Ich studierte die ganze Zeit angestrengt die geriffelte Gummifußmatte unter dem Beifahrersitz und erging mich in schwarzen Gedanken. Wir sprachen nicht.

H. C. fuhr und beguckte die liebliche Landschaft. Nach ein paar Stunden hielt er auf einer Hügelkuppe vor einem Holzhaus-Grill und wir setzten uns mit Würstchen und Limonade auf eine der Bänke. H. C. biß ein paarmal in die heiße Wurst, grunzte wohlig und sagte: »Jetzt habe ich endlich mal ein bißchen von Südschweden gesehen.«

Nach drei gestrichenen Tagen standen wir wieder in seiner Küche. Seiner Frau gegenüber brauchten wir nicht viel zu erklären. Natürlich telefonierte ich noch einmal mit dem Leiter der Entwicklungsabteilung, der sich sehr wohl unserer Absprache erinnern konnte. Er entschuldigte sich, denn der Fehler lag bei ihm. Aber im Prinzip ließen wir die Sache, wo sie lag: In der Grütze. IKEA und der Rest der Welt mußten mit dem Verlust leben und H. C. blieb den unbekleideten Exotinnen und den Radieschen erhalten. Und ich selber hatte ja bereits einen massiven Zeichenschrank und eine formschöne, ausgefallene Präsentationsmappe obendrein.

Traumahafte Aussicht

In der Bildenden Kunst hat das Fenster eine wichtige Bedeutung, weil das Auge den Raum verlassen kann, ohne daß der Künstler ganz Arkadien in epischer Breite ausmalen muß. Im Theater trägt eher die Tür Bedeutung: Beim Drama neigt man zum Eingeschlossenen, in der Komödie geht es häufiger ums Ausgeschlossen-Sein – bis hin zum flehentlichen Hämmern an eine Klotür. Es kommt immer darauf an, wer drinnen und wer draußen ist. Und eine der vielen goldenen Regeln des Drehbuchschreibens lautet: »Never take the door, if you can take the window!« Holm und ich nahmen das Fenster.

Holm war für mich der Meister, aber da er vom Status her Geselle war, Däne und zudem ungefähr gleichaltrig, ließ er mich meinen Lehrlingsstatus nicht so sehr merken. Gemeinsam entwickelten wir unsere kleine Produktpalette; Küchen und dann vor allem Fenster. Der Bedarf für neue Fenster im alten Stil war groß, da es viele alte Häuser und jede Menge neuer Beziehungen gab. Jeder Wohnungswechsel lief in Dänemark eigentlich immer auf Hauskauf mit anschließender Renovierung hinaus: Dachausbau mit Isolierung, neue Küche und eben bessere Fenster.

Privat wechselte Holm – mit derselben Frau – von Altbau zu Altbau und sein Arbeitspensum lag wohl bei 16 Stunden: acht in der Firma und acht am nächsten – dann endgültig letzten! – zu Hause. Wenn ihn das nicht ganz ausfüllte, baute er nebenher an einem Segelboot. Als er später zwischendurch und zu allem anderen dazu Krebs bekam,

ertrug er es mit viel Disziplin und Humor: Wenn in Dänemark Ende November oder Anfang Dezember unzähli-
ge, als Weihnachtslotterie getarnte Spendenaufrufe gegen
den Herztod oder für den Bund gegen Multiple Sklerose
oder von der Gesellschaft für die Bekämpfung des Krebses
ins Haus flatterten, schaute Hans kurz drauf und bemerkte
trocken: »Es ist verdammt noch mal leichter, Krebs zu bekommen als in deren Lotterie zu gewinnen.«
Als ich Holm kennenlernte, hieß er »Holm med hånden«,
weil er sich ein halbes Jahr zuvor beim Zuschneiden von
Platten auf dem auslaufenden Sägeblatt abgestützt hatte,
wobei es ihm alles abschnitt und durchtrennte, was Zu-
packen, Halten und Loslassen erst technisch oder physisch
möglich macht. Man nähte alles wieder zusammen, ohne
daß seiner Hand bewußt wurde, daß sie theoretisch alles
konnte. Holm brachte es ihr mühsam bei und eine Zeitlang
war es nicht ratsam, sich in seiner Nähe aufzuhalten, wenn
er Nägel einschlug, da beide, also die Hand und er, nach
dem Prinzip Erinnerung vorgingen. Sie brauchte ein halbes
Jahr, um fast wie neu oder ganz wie die alte zu werden. Er
war eigentlich schon kuriert, als die Mühlen der Versiche-
rung zu Ende gemahlen hatten und sie ihm die eingebüßte
– nun längst zurückeroberte – Leistungskraft mit 100.000
Kronen für soundsoviel Prozent Invalidität vergoldeten. Er
legte das Geld für den Neubau eines alten Gaffelseglers zur
Seite.
Mir wollte die Zimmermannsarbeit nicht annähernd so
gut von der Hand gehen. Mein mechanisches Verständnis
endete beim Scharnier. Das Einstellen der Fräsmaschine
mit drei alten Messern war für mich ein Buch mit sieben

Siegeln, genau genommen gelang es mir nicht einmal, den Handhobel richtig zu schärfen oder die Zähne der Tischlersäge sauber auszulegen. Da ich alleine in der Werkstatt war, konnte ich mich nur bei mir selber darüber beschweren. Da das aber auch nicht das Problem der Kunden sein konnte, benahm ich mich ihnen gegenüber wie ein kundiger Geselle. Das war anstrengend, obwohl ich etwas Schauspiel durchaus mag. Nur der Besuch der Holzhandlung bot echte Entspannung, weil ich dort bereits wußte, was ich brauchte – ohne mir über das Wie Gedanken machen zu müssen. Außerdem war das Kontor von »Møllers Trælast« in Svendborg ein Traum aus einer anderen Zeit. Wenn es diese Sehnsucht nach gedämpftem Licht, alten Telefonen, die nie mit Hast abgenommen werden, herzlicher Begrüßung, handgeschriebenen Faktura, die sorgfältig vom Block gerissen wurden – wenn es also in jedem von uns dieses Bedürfnis nach Alles-zu-seiner-Zeit nicht gäbe, würde Jack-Daniels-Werbung wohl nicht funktionieren.

Aus irgendeinem Grund mochte man mich da. Vielleicht, weil sie alle mochten. Oder weil sie geheime Sympathien für unseren Betrieb hegten, der auch nicht nach den Regeln der Neuzeit gebürstet war. In dem Familienunternehmen Møller wußte man aber durchaus, daß draußen längst alles anders war und der Discount der Nachhaltigkeit den Rang abgelaufen hatte. Der Junior verpackte die Lage in den matten Scherz: »Wir müssen nur wissen, wie viel Rabatt du willst…? Damit wir es dann auf den Preis aufschlagen können.«

»Vi ta'r os af de gamle huse« – »Wir nehmen uns der alten Häuser an« lautete unser Firmenslogan. Er stammte, genauso wie die dazugehörige nostalgische Federzeichnung, von mir. Die Werbung für die Arbeit machte mir mehr Spaß als die Arbeit selbst. Meine Sternstunden bestanden in stundenlangen Telefonaten mit dem Technologischen Institut, das bei der Ermittlung der Werte für Schallschutz, Wärmedämmung und – sagen wir mal – Diffusions- und Kondensationsverhalten den Betrieben im Land beratend zur Seite stand. Weit mehr als Kondens- faszinierte mich das Konsulenzverhalten: Daß man am helllichten Vormittag irgendeinen angestellten Bauingenieur irgendwo in Jütland in ein Gespräch ziehen durfte, mit nützlichen Broschüren geradezu beworfen wurde und das alles, ohne eine Krone dazu zu bezahlen. Im Rahmen dieser Vorgaben und diverser hilfreicher Hinweise, sowie der in der Werkstatt vorhandenen Profileisen für die alte Fräsmaschine bauten wir unser Probefenster, das etwas kleiner als üblich, dafür aber transportfreundlicher und handlicher war.

Da Holm nur die Hälfte meiner Lehrzeit didaktisch betreute, war meine Kundigkeit jedoch beschränkt. Er hingegen war weit mehr als ein schlichter Bau- und Möbeltischler, nämlich ein Bootsbauer, dem man ganze Yachtausbauten anvertrauen konnte. Wir spielten ernsthaft mit dem Gedanken, eine Firma für »Dansk Design« aufzumachen, deren Produkte wir dann natürlich in Deutschland vertreiben wollten.

Ich wohnte direkt neben der Werkstatt in einem Kollektiv, das sehr feste politische Vorstellungen von Freizeitgestaltung hatte, so daß auch ich fast auf 16 Stunden Arbeit kam, wenn man die Aktivitäten am Wochenende dazu rechnete. Holm hielt sich weitgehend aus der Politik raus.

Allerdings hatte ihn seine Frau bei ihrem zweiten Baby als Nachtschwester auserkoren, so daß er, wenn er morgens nach zwölf Kilometern Anfahrt vor der Werkstatt vom Rad stieg, schon ein weiteres Dutzend im Laufe der Nacht mit dem schreienden Kind auf dem Arm zwischen Schlafzimmer, Bad und Küche zurück gelegt hatte. Ohne es wirklich beurteilen zu können, schien es mir, daß die Geduld des Familienvaters auf eine etwas zu harte Probe gestellt wurde. Klagen war sonst nicht seine Art.

Ich hingegen klagte gern. Das Leben im Kollektiv wurde mir zuviel, mir fehlten Rückzugsmöglichkeiten, ich sehnte mich ganz diffus nach einem Ort, an dem ich vor mich hin malen oder modellieren konnte. Ich suchte die Außengrenzen des Gemeinschaftsbesitzes nach Ecken ab, wo ich mich zu solchen Zwecken hätte einrichten können. Mir ging es vor allem um einen weiten Blick – wenigstens über Wiesen und Felder.

Der Gesamtbetrieb dehnte seine überbauten Flächen laufend aus, weil alle, die nicht in der Werkstatt zu finden waren, guten Umsatz mit dem Decken von Strohdächern machten. Wo ich eben noch gestanden und von einem Atelier geträumt hatte, wuchs ein paar Monate später eine Halle für Stroh und Reet und auch die großen Ladenfenster aus einem Abbruch wurden von anderen für anderes verbaut, bevor ich überhaupt einmal »Kunst« hätte sagen können.

Gleich nach der Gesellenprüfung stürzte ich mich im Windschatten der Arbeitslosigkeit ins Zeichnen. Holm arbeitete wieder als Bootsbauer. Erst da wurde mir klar, daß er die letzten Monate nur meinetwegen ausgeharrt hatte. Anständig. Das Probefenster landete ganz hinten in der neuen Halle, hinter den Geräten der Strohdachdecker. Es überlebte dort etliche Jahre, weil immer, wenn es jemand zu eigenen Zwecken verbauen wollte, irgendeinem anderem einfiel, daß es »das Fenster von Holm und Andreas« sei. Irgendwann zog ich wieder nach Deutschland, aber wir blieben in Verbindung.

Zwischen viertem und fünftem Umbau oder dem sechsten oder siebtem Boot bekam Holm also Krebs. Eines Morgens wachte er mit einem fußballgroßen Geschwulst im Oberschenkel auf. Er hatte nie geraucht, war immer Rad gefahren, hatte stets bis zur Lächerlichkeit wenig Alkohol vertragen, immer ein Haus mit Garten gehabt, war oft gesegelt – was mußte man noch alles tun, um Krebs zu bekommen? Er wurde operiert, bekam Chemotherapie, trank Unmengen von Tees, aß makrobiotisch – und überstand die Sache. Erstaunlich.

Von seinem frisch renovierten Haus mit dem neuen Dach und der neuen Küche und mit dem Garten, in dem das fast fertige Boot lag, konnte er das Meer sehen und ein verfallenes Bauernhaus, das davor am Weg stand. Die Kinder gediehen, seine Frau putzte und wienerte ihr Domizil vom Keller bis zum Dach. Es war alles so picobello und stilvoll, daß man glaubte, der Fotograf von »Schöner Wohnen« käme gleich.

Ihr Haus lag ruhig und abgelegen am äußersten Ende einer Halbinsel vor Svendborg. Wer sich hierhin verirrte, mußte einmal im Karree um das Kornfeld in der Mitte fahren. Ein Idyll. Die kleine Tochter kam einmal sehr verspätet von draußen zum Essen und wurde gefragt, wo sie gewesen sei. »Ich war auf dem Weg« – »Und was hast du da gemacht?« –

»Mit Menschen gesprochen.«

In der Zeit sprach ich eher weniger mit Menschen, weil ich mich selber in eine Falle gelockt hatte. Aus unerfindlichen Gründen wollte es mir über Wochen und Monate nicht gelingen, eine vernünftige Wohnung in Hamburg zu finden. Deshalb verdingte ich mich als Homesitter für einen Modezaren. Ich saß in seiner Villa in Blankenese, die umgebaut werden sollte, und verteidigte die soziale Ungleichheit. Weder Kinder noch Hunde ließ ich auf das Grundstück. Auch Einbrechern wäre ich entschlossen entgegen getreten mit Hinweis auf die verbrieften Rechte des Hausherrn, der meist in Paris oder auf seinen anderen Liegenschaften weilte. Der Blick von der mit postnarzisstischen, Säulen bestandenen Terrasse auf die Elbe war durch einen Hektar verwilderter Rhododendren etwas eingeschränkt, aber von einem der Zimmer im ersten Stock konnte ich stromabwärts sehen. Hier stellte ich eine Holzplatte mit Böcken auf, dekorierte den nackten Raum mit einem zerschlissenen Teppich und pinnte ein paar ungelenke Wachsstiftskizzen an die Wand. Hin und wieder rauschte Hausherr Lagerfeld aus Paris an, um eventuell endgültige Entschlüsse über begehbare Kleiderschränke, pseudogriechische Friese, fake-klassizistischen Stuck oder die Hängung seiner Sammlung von expressionistischen Drucken zu treffen – oder eben wieder rückgängig zu machen. Dabei landete er einmal an der Spitze seiner Entourage in meiner Malstube. Er sah den Tisch und den Blick und sagte sinngemäß und Neid erfüllt, nein, voller Sehnsucht: »So etwas möchte ich auch einmal haben.« Da wußte ich, daß die Skala der Wünsche nach oben noch viel offener war, als ich bislang geglaubt hatte und daß man auf der Suche nach innerer Ruhe mit Umwegen rechnen muß. Sogar im eigene Haus. Weder ihn noch mich hielt es letztendlich in Blankenese.

In Dänemark kam unterdessen das alte Haus, das Holms direktem Blick aufs Wasser im Wege stand, zum Verkauf. Samt Besitzerin und Leibrente bei lebenslangem Wohnrecht und anderen Unwägbarkeiten, vor denen man zurückschrecken konnte. Doch Holm ging ins Risiko – und nur vier Wochen später zog die Vorbesitzerin in ein Altersheim und der Erneuerung des Daches, der Fenster und der Küche stand nichts mehr im Wege. Eine Millionen-Lage zu einem relativen Spottpreis. 10.000 Quadratmeter bis hinunter an die Ostsee – ein Hektar Sommerwiese mit Blick über die Bucht auf das imposante Valdemars Schloß. Es wurde kein Um-, sondern ein Neubau. Wobei ich erst auftauchte, als nur noch die Dachziegel auf die nagelneuen Latten verteilt werden mußten.

Zum großen Grundstück gehörten auch zwei sogenannte Strandrechte, sprich umbauter Raum am Ufersaum, in dem Fall eine gar nicht mal so kleine gemauerte Bude, die bislang zum Aufbewahren von Angeln, Netzen und Bojen genutzt worden war. Holm fand, daß das Gemäuer für mich, »kunstneren« – den Künstler – ein passendes Sommeratelier abgeben würde. Der nie endgültig formulierte mündliche Vertrag lautete: zur lebenslangen Nutzung bei eigener Ausbauleistung. Nur eine unvorgesehene Scheidung des Grundbesitzer-Ehepaares könnte die Vereinbarung beeinträchtigen. Das letztere als Scherz.

Obwohl ich der körperlichen Arbeit abgeschworen hatte, griff ich zu. Nur sieben Schritte vom Meer, der freie Blick noch von wildwuchernden Hagebutten und Heckenrosen verstellt. Zimmer ohne Aussicht. Anfangs konnte man tatsächlich überhaupt nicht hinaus sehen, weil die Fensterlöcher zugenagelt waren. Ein Künstler-Freund aus Hamburg, der mich hingefahren hatte, haute mit einem Vorschlaghammer den Blick nach draußen frei und verzog sich tunlichst, bevor er eine handwerkliche Bindung an den Ort entwickeln konnte. Durch seinen beherzten Eingriff läutete er mir den Baubeginn ein: Wollte ich nicht im Regen stehen, mußte ich ran. Finanziell war es für mich ein Wagnis, das aber abgefedert wurde, weil man bei »Møllers Trælast« über meinen neuen Siedelungsversuch in Dänemark so erfreut war, daß sich der sonst unübliche Rabatt weit über 20% bewegte.

Holms Frau, die mich umstandslos ihre Waschmaschine sowie Klo und Bad nutzen ließ, stellte sich allerdings vehement gegen meine Absicht, das Dach und die Kontur der Strandhütte in irgendeiner Weise zu verändern. Es würde ihr Blickfeld erheblich einschränken und die Anrainer auf den Plan rufen. Also verlegt ich mich auf eine Nacht- und Nebelaktion, in der ich mit Hilfe langer Balken und zweier Wagenheber das Dach Stück für Stück um eine Elle hob, die Wände entsprechend höher mauerte und so genug Platz schaffte für die Isolierung von Fußboden und Decke. Die Türöffnung bekam eine Glastür, zwei der drei Löcher zum Wasser wurden mit alten, aber gut erhaltenen Fenstern geschlossen und dazwischen, in die mittlere Öffnung, paßte haargenau unser Probefenster von damals!

Davor plazierte ich zum Schreiben einen alten Gartentisch. Besser konnte es kaum werden.

Von meinem hinimprovisierten Bett konnte ich durch die Glastür die Masten der Boote sehen, die durch den Sund steuerten und das entspannte Stampfen der Zylinder hören, wenn ein Kümo aus Hamburg oder Glückstadt Korn zu Kelloggs in Svendborg schiffte. Ich lag im eigenen, gewiß etwas zu spät abgelieferten, Gesellenstück.

Unterdessen hatte die Frau von Holm das Ufer gerodet, ich bekam eine traumhafte Aussicht und mußte mich mehr als einmal von Nachbarn fragen lassen, ob mir klar sei, daß ich einen Millionen-Blick hätte. Doch, doch, das war mir schon bewußt. Vor das Haus hatte ich mit Hilfe zweier Bekannter eine schmale, mexikanisch anmutende Veranda aus Holz gebaut, damit ich auch draußen nicht im Regen saß. Ich nannte mein mir verliehenes 21-Quadratmeter-Anwesen »Villa Veranda«. Von weitem glich es allerdings eher einer neu errichteten Zwergschule in Zimbabwe.

Einmal standen Leute aus der weiteren Umgebung vor meiner Villa, schauten durch die Glastür in den Raum – ich konnte sie am Strand hören – und erzählten sich, daß »ein junger Mann von Lagerfeld« das Haus hergerichtet hätte. Und es sei »eins, zwei, drei« fertig gewesen. Gute Nachrede.

Ein Sommer später folgte der Albtraum. Normalerweise schloß ich nachts nicht ab. In dieser Nacht schon. Ich schlief in meiner Strandhütte und träumte von einem fürchterlichen Unwetter mit Blitz und lang anhaltendem Donner. Als ich davon aufwachte, goß es in Strömen. Holm hämmerte an die Glastür und schrie meinen Namen durch den Sturm. Etwas war mit seiner Frau. Er bebte. Wir rannten über die klatschnasse Wiese hinauf zu seinem Haus.

Sie hatte eine Überdosis Schlaftabletten genommen und lag leblos auf dem Sofa. Der Unfallwagen war bereits unterwegs, aber das konnte dauern. Wir nahmen sie von je einer Seite und marschierten mit ihr von der Stube in die Küche und von der Küche in die Stube und wieder in die Küche, während Holm sie mit unterdrückter Stimme anflehte, nicht ganz einzuschlafen – immer in der Angst, die Kinder könnten aufwachen. Wir marschierten mit ihr hin und zurück über die Holzdielen. Ihre Beine schleiften hinter ihrem Körper her. Wir waren keineswegs sicher, ob die Bewegung das Gift nicht erst endgültig in die Blutbahn treiben würde. Ab und zu schüttelten wir sie und Holm beschwor sie, aufzuwachen. Es war, wie ich verstand, nicht das erste Mal, daß seine Frau aus dem Leben scheiden wollte.

Als der Unfallwagen zwischen den dunklen Bäumen verschwunden war – ausdrücklich ohne Blaulicht und Sirene –, setzte ich mich in der Stube aufs Sofa. Sollten die Kinder aufwachen, wäre jemand im Haus. Nun bebte ich. Ich zündete eine Kerze an und flehte die Kerze an, nicht auszugehen. Ich neigte nicht zu solchen Übungen, aber ich tat es. Mehr konnte ich auch nicht tun.

Und es half. Sie überlebte.

Holms Frau hatte eine Kindheit gehabt, die sich selbst ein Strindberg kaum hätte ausmalen können. Das hatte ich durchaus in Andeutungen erfahren. Dennoch hatte ich in diesem Sommer nicht mitbekommen, wie tief sie – einmal wieder – im eigenen Ungemach versunken war. Als ehemaliger Suizidgefährdeter wäre ich ihr allerdings ein rigoroser Gesprächspartner gewesen. Es ist ein fast unauflösbarer Kreislauf. Der Druck auf alle ist enorm.

Als seine Frau einige Monate später einen weiteren Selbstmordversuch machte, beantragte Holm die Scheidung. Das überstieg das Fassungsvermögen etlicher seiner Freunde und Nachbarn. Meines nicht.

Seine Frau bekam das Haus, weil sie in materiellen Dingen durchaus hellwach zu handeln vermochte. Sie konnte es alleine aber nicht halten. Es wurde verkauft.

Für mich hatte mein Millionen-Blick sowieso seinen Sinn verloren. Ich ließ fast alles da. Manchmal, wenn ich in Dänemark war, fuhr ich vorbei und blinzelte durch die Glastür wie irgendein anderer Neugieriger. Ich setzte mich für ein paar Minuten auf die Veranda, das Probefenster im Rücken, und schaue übers Wasser. Ich könnte nicht sagen, was ich dann genau fühlte, aber es war – alles in allem – eine ganze Menge.

Willkürliche Manöver

Beim Segeln geht es manchmal um Leben um Tod, das habe ich selbst einmal erlebt. Meist geht es allerdings nur ums Leben. Nicht umsonst dient das Boot als Metapher für vieles, was wir versuchen, riskieren, erleiden und erleben. Auch jemand, der eine Million für eine Segelyacht bezahlt, bekommt keine Garantie, nicht zu stranden. Merkwürdigerweise tauft man Boote auf Namen wie »Victory One«, »Anna Berta« oder »Hope«, aber nie »Metapher«, »Apokalypse« oder wenigstens »Angst & Bange«. Boote haben etwas Faszinierendes, aber für etliche, allen voran für die Nichtsegler und ganz besonders für mich, zugleich etwas Beunruhigendes. Boote sind mit gemischten Gefühlen beladen. Man würde eine Autofahrt abbrechen, wenn erst die Heckscheibe kaputt geht, dann die Motorhaube wegfliegt und sich schließlich noch ein Reifen löst. Auf dem Wasser aber heißt es dann: Durchhalten, weitermachen!
Das einzige Boot, das ich je wirklich besaß, war ein schmuckes Modell-Segelschiff. Es hatte einen Rumpf aus Mahagoni, eine kleine Kajüte, in die man nicht einmal mit dem Finger hinein konnte, da sie aus Massivholz war und ein lackiertes Deck mit angetäuschten Fugen sowie einen sehr imposanten Kiel aus Metall. Der war grün gestrichen und endete in einem festen, also symbolischen Ruder, das permanent auf Geradeausfahrt geschweißt war. Die Schoten waren gängig, Großsegel und Fock ließen sich fieren und mit dem Bindfaden-Fall hochziehen – wobei mir bis auf die Fock damals keiner dieser Begriffe geläufig war. Und da

ich der Kapitän war, konnte mir zum Glück auch kein See-
mann mit seinem Fachlatein durcheinander bringen. Ich
tüddelte zwar gerne an den Fäden herum, doch genauso
gut gefiel mir mein Boot oben auf dem Wandklappbett, wo
es, von einem Klotz am Kiel gehalten, mit festem Kurs auf
die Zimmertür bei spiegelglatter See vor sich hinstand. Auf
dem Teich im Park hingegen kreuzte es mit schlagenden
Segeln hin und her, während der Kapitän an Land bleiben
mußte und den Kurs nur mit der Zunge halten konnte.
Meist blieb meine Yacht jedoch in der Mitte des Teiches und
vollführte dort willkürliche Manöver. Wann ich es bekam,
erinnere ich nicht mehr. Wahrscheinlich war es ein »Haupt-
geschenk« zu Weihnachten. Es war so edel, daß mein stil-
sicherer Vater es ausgesucht haben mußte, bei »Spielzeug
Rasch« oder im »Kinderparadies« an den Alster-Arkaden,
nicht weit von den richtigen Jollen auf der Außenalster. Ich
besaß es jedenfalls schon einige Jahre, bevor ich in unserer
neuen Wohnung mein eigenes handtuchschmales Zimmer
bekam und das Boot seinen festen Liegeplatz.

Das Wandklappbett hatte mein Großvater gebastelt, genauso wie die furnierten Bücherstützen mit dem Steinbock-
Sternzeichen in Messing, den Schreibtisch mit der dicken
Resopalplatte und das kleine Leiterregal – alles stammte aus
seiner Hobbywerkstatt im Keller in Bremen. Mein Großvater hatte die verschiedensten Berufe ausgeübt, er konnte
fliegen und Motorradfahren – nur mit Wasser hatte er nie
etwas zu tun gehabt und nur durch das Boot auf dem Bett
stand Segeln in einem Bezug zu ihm. So blieb es bis auf ein
einziges, dramatisches Mal, mehr als ein Jahrzehnt später.

Und das geschah nicht mit ihm, sondern auf dem Weg zu ihm.

Mein Verhältnis zu richtigen Segelbooten war weniger unbeschwert. Und das zu meinem Vater erst recht – außer beim Segeln. Als Hamburger mochte mein Vater Wasser, und obwohl er weder ein großer Sportsmann noch ein großer Praktiker war, ließ er sich eine gelegentliche Bootspartie nicht nehmen. Wenn es finanziell drin war – wenn sich also noch ein Zehnmarkschein im Portemonnaie fand –, mietete er am Wochenende manchmal für eine Stunde ein Tret- oder Ruderboot auf der Alster und schipperte sich und seine Kinder darin herum, während meine Mutter an Land blieb, weil sie nicht schwimmen konnte. Ich habe nie darüber nachgedacht, was sie in der Zeit machte – ob sie las, strickte, spazieren ging oder einfach wartete – wie zu Hause war sie einfach »da«, wenn wir zurück kamen. Genauso selbstverständlich und unaufgeregt wie ihr eigener Vater, mein Opa.

Als wir etwas älter wurden, nahmen wir statt des Ruderbootes eine Jolle. Mein Vater konnte immerhin so gut segeln, daß er sich auch mit Kindermannschaft auf die Alster traute. Daß er einmal bei der Rückkehr mit voller Fahrt in den Steg donnerte, tat seiner Freude an dem Törn keinen Abbruch. Er mißbilligte lediglich, daß der Bootsverleiher sein Anlegemanöver bekrittelte. Bald durften meine große Schwester und ich die Vorschot bedienen. Das tat ich ganz gern, zwei Taue konnte ich gerade noch überblicken. Über diese Rolle des untergeordneten Mitseglers wuchs ich nie wesentlich hinaus, auch wenn man mich schon früh an die Pinne ließ. Meiner inneren Ruhe war diese Führungsposition lange nicht zuträglich: Wesentlich mehr lose Enden warteten auf Bedienung, obgleich man nur eine Hand dafür zur Verfügung hatte; die größere Segelfläche zog mit mehr Kraft, während man sich schlechter mit den Füßen dagegen stemmen konnte; und die Pinne wollte partout nicht von allein in der richtigen Stellung bleiben. Vor allem aber behagte es mir nicht, vor den Augen von Segelkundigen mein Unvermögen zu zeigen. Das vor allem. Und dann immer diese Aufregung: Im Grunde war der Wechsel von zügiger Geradeausfahrt zu hektischen Sekunden beim Wendemanöver nach meinem Geschmack einfach zu kraß und der Rahmen für Fehlentscheidungen zu groß. Jahrelang stand ich beim Segeln unter latentem oder akutem Streß. Das grundlegende Unbehagen verflog lediglich in tatsächlichen oder gespielten Notsituationen: Bei hammerstarkem Wind mit einem risikoverliebten Schulfreund auf der Alster, als wir während eines Gewitters die einzigen waren, die Böen und Blitzen trotzten. Reiner pubertärer Leichtsinn, den ein Boot der Wasserschutzpolizei mit einer durch ein Megaphon gebellte Aufforderung beendete. Genau so wenig Angst verspürte ich beim Kentertraining mit Kunststoff-Jollen während eines Segelkurses auf einem See in Wales. Kentern konnte ich!

Den gemischten Gefühlen zum Trotz bin ich doch erstaunlich oft gesegelt. Gerade in Dänemark ließ es sich kaum vermeiden. Und jedes Mal hatte ich wieder die einfachsten Knoten vergessen. Sich lösende Leinen wurden mein Markenzeichen. Auf einem Traditions-Segelkutter unter deutschem Kommando gelang es mir einmal, in schwerer See eines der Taue zu lösen, die den Mast hielten. Das tat dem

Betriebsklima für Stunden erheblichen Abbruch. Gruppendynamik in Hierarchien. Ich ging unter Deck und legte mich schlafen, denn wohl konnte ich unter dem Kuratel cholerischer Kapitäne sehr nervös werden; seekrank wurde ich nie.

All diese Skipper-Allüren hatte Matthias nicht. Er studierte in Göttingen, das Boot seines Vaters hatte einen festen Liegeplatz an der Ostsee und ich lernte ihn in Dänemark kennen. Etwa zur selben Zeit kam mein Großvater, der Zeit seines Lebens keine Zipperlein gekannt hatte und den ich nur mit schwarzen Haaren erinnere, ins Krankenhaus. Er kannte es gründlich, weil es dieselbe Klinik war, in der meine Großmutter, die gesundheitlich Anfällige der beiden, mindestens einmal im Jahr zu liegen pflegte. Der Zustand meines Großvaters wurde so ernst, daß meine Mutter mich in Dänemark anrief und zu verstehen gab, daß es möglicherweise eine gute Idee wäre, in nächster Zeit einmal nach Bremen zu fahren. Übersetzt bedeutete das: Anlaß zu allergrößter Sorge. Mein Großvater war mir immer wichtig gewesen; ob als Kind, als Jugendlicher oder als Student. Wichtiger als mein Vater. Ich wollte mich umgehend auf den Weg machen.

Matthias mußte just zur selben Zeit das Boot von Dänemark zurück nach Lübeck segeln. Für mich bot sich das als günstige und ausgefallene Mitfahrgelegenheit an und wir stachen zusammen mit seinem Bruder bei bestem Wetter von einem Hafen auf Fünen in die Ostsee. Am nächsten Tag, zwischen Ærø und Fehmarn, bezog es sich und bald stürmte es schon recht passabel. Deshalb gingen wir, wie angeraten und wie viele andere auch, in den nächsten Hafen bei Burg auf Südfehmarn. Als Nichtseemann hatte ich keinerlei Gefühl dafür, was auf der Ostsee als weit oder nah gelten konnte. Von Fehmarn nach Lübeck und Travemünde schien mir eine ziemliche Strecke zu sein, die sich aber theoretisch gut an einem Stück machen ließ. Das große, weiße Holzboot mit Kajüte war seetüchtig, nur Matthias' Bruder ging es schlecht und immer schlechter. Er litt an Depressionen und wurde recht einsilbig. Das war ebenfalls ein Grund, schnell nach Lübeck zu kommen. Ich wußte nur zu gut, wie sich eine Depression anfühlte.

Nachmittags flaute der Sturm ein wenig ab und wir verließen als einzige den sicheren Hafen. Gegen Abend kreuzten wir, immer gegen den Wind, gerade mal auf der Höhe von Grömitz. Als die Nacht hereinbrach, der Wind drehte und zum Orkan wurde, waren wir nach wie vor auf der Höhe von Grömitz, und als wir zwei Stunden später immer noch auf der Höhe von Grömitz waren und eine Bö das Vorsegel zerfetzte, beschlossen wir, in den Hafen von Grömitz zu gehen. Wir, das war eigentlich nur Matthias, denn sein Bruder hockte, vollgestopft mit Antidepressiva, völlig apathisch in der Kajüte und nahm am Geschehen nur peripher Anteil. Manchmal steckte er den Kopf aus der Luke und fragte: »Wo sind wir?« Matthias zeigte ungewiß in die Nacht in Richtung Ufer und antwortete: »Es ist nicht mehr weit.« Der gedopte Bruder nickte mit halb geschlossenen Lidern. Allmählich wurde auch mir alles egal – in einem wohltuenden Sinne. Die Brecher schlugen schon seit Stunden mit solcher Wucht über das Deck und das Dach der Kajüte, daß ich mich an den Zustand gewöhnt hatte und mir jede Ängstlichkeit oder Angst völlig abhanden gekommen war.

Kaltes Salzwasser überall: im Meer, im Boot, in uns. Es rann im Ölzeug den Rücken hinunter und schwappte in den Gummistiefeln. Die aufgeweichten und gefühllosen Hände konnten trotzdem noch greifen, halten und ziehen. Der Balancesinn hatte sich so sehr auf das Schaukeln eingestellt, daß es mir überhaupt nichts ausmachte, nach vorne zum Mast zu kriechen, die Taue zu lösen und die zerfetzte Fock einzuholen. Um gegen die Wellen nach Grömitz zu kommen, mußten wir den winzigen Außenbordmotor anwerfen. Es half wenig. Im Stundentakt tauchte aus der Kajüte der Kopf des Bruders auf. »Gleich«, beruhigte ihn Matthias und zeigte auf die Lichter von Grömitz, die wir schon die halbe Nacht im gleichen Abstand blinken sahen. Der Bruder war gar nicht mehr zu beunruhigen. Auch nicht, als sich die Schraube in einem Netz verfing und der Motor ausfiel. Wir hingen kopfüber vom Heck, das sich weit über die Wasseroberfläche hob und dann wieder in die Wellen hinunter krachte, und versuchten ewig, den Propeller aus den Maschen zu befreien.

Obwohl klatschnaß und mit einem Bein bereits im Seemannsgrab, verbannte ich dort, in der selben Lübecker Bucht, wo früher schon ein schlagendes Segel meine Nerven mehr als strapaziert hatte und bereits eine halbe Welle bei Sonnenschein mein Selbstvertrauen unterspülen konnte, meine Angst vor dem Segeln. Ich ließ dort in den Wogen auch einen Teil jener Angst, die mich in meinem Leben und an Land begleitete. Es war ein wunderbares Gefühl von Scheißegal und ich wäre auch ohne Problem ins Wasser gesprungen, wenn wir unser Schleppnetz nicht irgendwie anders losgeworden wären. Weit nach Mitternacht glitten wir in die menschenleere Marina von Grömitz.

Am nächsten Morgen schien die Sonne, das Meer lag spiegelglatt und es war so unwirklich windstill, daß wir wie ein Ausflugsdampfer ohne Segel, nur mit Motor in kürzester Zeit bis Travemünde tuckerten. Von dort nahm ich den Zug nach Bremen.

Mein Großvater hatte die ganze Zeit gewartet. Ich saß an seinem Bett im Krankenhaus, er schlief, seine Lungen rasselten. So verfallen hatte ich ihn nie gesehen. Er wachte auf, erkannte mich und versuchte mir etwas zu sagen. Ich hielt seine Hand.

Meine Großmutter und ich fuhren mit der Straßenbahn zurück. Kaum daß wir ins Haus gekommen waren, klingelte das Telefon. Das Krankenhaus. Mein Großvater war gerade gestorben. Erst da wurde mir klar, daß er nur noch auf mich gewartet hatte. Lange Zeit schämte ich mich, mir soviel Zeit gelassen zu haben. Durch Zufall hatte ich auf See gesiegt, aber an Land versagt.

So sehe ich das heute nicht mehr. Er war in jener stürmischen Nacht zwar dichter am Tod als ich und muß sehr gekämpft haben. Aber indem er wartete, hat er mir die Zeit für jenen Sturm, der mich ein wenig näher ans Leben brachte, gegönnt. Mein Großvater war auch noch im Sterben großzügig genug, mir ein schlechtes Gewissen zu ersparen. Er hat mich geliebt – und ich ihn. Er hat das früher gewußt. Und ich später.

Inhalt

Foto: Arne Weychardt

Andreas Greve

Der Lyriker, Kinderbuch- und Reiseautor
Andreas Greve (*1953) wuchs in Hamburg-
Altona auf, studierte in Braunschweig und
machte eine Zimmermannslehre in Dänemark.

Seit 1989 schreibt er Bücher für Jung und Alt.
2004 veröffentlichte er die Reportage „In 80 Tagen
rund um Deutschland" (Hoffmann und Campe)
und 2016 „Dichter an Hamburg" mit Til Mette,
mit dem er 2018 auch einen Band mit Paarreimen
und Cartoons machte („Für die Frisur ist Geschlechts-
verkehr ein Katastrophe", Lappan/Carlsen).
Im selben Jahr erschien das Bilderbuch „Komm
bald wieder" mit Illustrationen von Lena Winkel
bei Atlantis in Zürich und 2019 als „Kom snart igen"
auf Dänisch bei Forlag Turbine, Aarhus.

Andreas Greve lebt und arbeitet meist in der
kleinen, dänischen Hafenstadt Faaborg.